魔豆

狐說

Tales of Hu

上　人世篇

林綠——著

狐說

上 人世篇

目錄

第一章　狐狸王子

「箕子，妖怪怎麼才能變強？」

「啊啊，阿理，你怎麼了？」

胡理在等待早餐店老闆娘新菜「醬燒荷包蛋」上桌的同時，利用空檔，詢問友人一個生理上的問題。可能是朋友咬著吸管打盹的關係，沒聽清楚他前面的鋪陳。

「我只是提出漫畫連載最後一頁主角的疑問，你不要大驚小怪。」胡理拿衛生紙擦拭對方嘴角流出的豆漿，老闆娘在一旁哎喲哎喲瞎叫。

「你資優生捏，還看漫畫？」箕子接受了這個理由，朝胡理眨眨眼。箕子姓箕，暱稱叫小雞。雖然兩人同年，但胡理從國中時代就是風靡全市的狐狸王子，箕子至今十八餘歲還找不到能夠叫他綽號的小女朋友。

「我妹帶回家的，不看白不看。」

「小袖喜歡看什麼漫畫？」箕子口中的「漫畫」和剛才帶有貶意的「漫畫」不同，很明顯想要從中獲得資訊以討好某個誰，即使明知對方跆拳道黑帶也勇往直前。「阿理，你妹眞的很可愛，有一種時下女生少見的清新感。」

「因為她也是個混血。」雖然很淡，但無可避免帶有另一方的氣息。

「難怪當她朝我回眸一笑的眼神是多麼與眾不同！」

「她對你笑只是基於對兄長友人的禮貌，你千萬別會錯意。」胡理總擋著友人和妹妹進一步交好，絕非因為箕子看起來像是個無心學業的小混混。「回到我們一開始的話題：『妖怪怎麼才能變強？』」

「你還真喜歡那個漫畫主角啊？」箕子挖苦說道。

胡理盯著熱騰騰端上的醬燒荷包蛋，用筷子給荷包蛋折了兩折，挾起來，一口嚥下，木然的表情讓人看不清楚是不好吃還是很燙。

胡理垂下美目，沉重表示：「他本來想以人的身分過一輩子，逃避了很久，後來才意識到他這些年來不停後悔當初的選擇。」

或許胡理誠懇的語氣打動了箕子——胡理一向很認真，身為狐狸王子的好友，雞蛋子大師決定正經一點面對胡理大清早的鬼問題。

「你說主角在人群中長大，會不會是家養和野生不同？聽說馬戲團的獅子就是從小吃素才會對人言聽計從。」箕子揚起一根食指，正巧他的蔬菜三明治也上桌了。

「獅子哪能吃素？」

「欸，說錯了，不是吃素，是熟肉會抑制野性。聽說養再久的野獸只要嚐過生肉的滋味，就會忘記自小受人類訓練的紀律，找回原本的獸性。」

「感覺不太衛生。」

「阿理，我告訴你——」箕子嘖嘖兩聲，一副老學究的派頭，實際不過是瀕臨留級邊緣的高三考生。「一個少年要成爲王者、能人所不能者，至少得贏過生肉上的細菌！」

♛

胡理不是沒懷疑過箕子隨口胡謅的方法，實作之前至少有十個小時可以後悔，只是現在的他已經不知道該怎麼辦才好。

他自小在住商混合、專營美食小吃的社區長大，父母恩愛，有一個淘氣又可愛的妹妹；街坊鄰居把他當自家的孩子，對他寄予厚望，說咱們華中街要出一個帥哥醫生來，以後老病不用怕健保倒掉。他也笑著回應叔叔阿姨伯伯嬸嬸的期待，努力而充實度過每一天爲考試而活的高中歲月。

胡理對自己的人生沒有什麼可挑剔的地方，除了一件事——他是半妖，狐狸和人類混血。

這一切混亂的根源都要歸咎樓下賣雞排的大叔，也就是他老爸。據父親酒後自誇，他是隻已有五百年修爲的狐狸精，二十年前靠著媚惑年輕女子的邪佞俊容，身無分文把到政治世家出身的千金爲妻。

兩人私奔，卻被母親娘家那邊逮住。可抓到的時候兩人早就生米煮成熟飯，小千金已經懷胎八月，被大官父親一怒之下打得早產。

母親娘家緊急叫來熟識的婦產科醫生，沒想到竟催生出一隻狐崽子。

這個已經不能叫醜聞，而是異談了。

母親娘家所有目擊者驚呆的同時，他母親卻撐起身子，指示旁人快叫獸醫來。

他在保溫箱躺了三天，第三天早上要被獸醫安樂死的時候突然變回白胖胖的嬰兒，從此與他的毛皮告別，再也沒變身過。然而身爲妖孽的父親和生出雜種的母親，從此被逐出娘家家門。

母親從頭到尾都沒有錯，該死的是他爸，偏偏母親娘家的人都用一種看髒東西的眼神審視他媽。

他對母親深感抱歉，母親只是極爲溫柔地笑說：

「理理，我還記得你尾巴末梢是紫色的毛，當初眞應該拔下來作紀念。」

「……」

胡理只能慶幸上蒼給他一位對異類寬容的媽媽，沒像一般志怪小說裡，被狐妖誘拐的女子產後驚懼發狂，最後給骨肉一刀之類的。他爸還有臉說是他眼光好，找到世間萬中選一的好女人。

經此一事，夫妻倆不僅沒有天涯兩散，上演「你騙我你騙我你這隻窮狐狸——」的戲碼，感情還更加堅定，抱著年幼的胡理到衰敗的舊華中市集落腳，兩年後又生了個可愛的女兒，叫「胡袖」。當時夫妻倆四處爲錢奔波，都是早慧的胡理幫忙顧妹妹，使得小袖第一句喊的不是爸媽，而是「哥哥」。

小袖幾乎不是個妖怪，生出來就是個胖寶寶。他有時候會想，要是自己像妹妹一樣能有個像樣點的出世過程，母親就不會被趕出家門，他小時候也不用受到母家表兄姊欺凌。

經過生產一事，他家照理早該和母家的人斷絕關係，沒想到他上小學那年，外公向所有親戚宣布要培養接班人，無論嫡孫還是姪孫，全都被召來本宅。

母親身爲外公曾經最疼愛的女兒，被迫交出他來。胡理小時候聽別人說起舅舅阿姨的紅包袋都很羨慕，沒什麼抗拒就打包好行李，把小皮鞋擦得發亮要去見外公，沒注意到父母擔憂的目光。

一星期後，他在加護病房醒來，半年沒辦法正常言語。母家那邊沒人來探視過他，倒是華中街的街坊塞爆病房，被醫院保全驅逐出去，又跑去外公任職的府院砸雞蛋，締造整條街二十歲以上的居民都被抓去關過的紀錄。

他出院前，一向堅強的母親哭著向他道歉。都怪她明知娘家懷抱什麼惡意，卻想賭一口氣，害他受那麼多苦。

不是母親的錯，都是不倫不類的他不好。

小孩子外傷好得快，但心理創傷怎麼也忘不了，從此讓他覺得妖怪是種卑下、可恥的生物。

母親說從醫院回來那陣子，他變得很孤僻，總是一個人窩在房間發呆，完全不跟爸爸說話，還會突然暴怒、大哭，把妹妹嚇得跟著哭起來。他爸在外面顧著冷清的攤子，一個晚上可以抽掉半包菸。

等到他精神狀況好轉一些，母親才敢再出門兼差，只是他和父親的關係依然緊繃，母家對父親的鄙視和敵意全凝聚投射在他身上。

直到小袖在托兒所染上水痘，高燒不退，先是尾毛、再是耳朵，在他懷中化成腹部不時抽搐的幼狐。

那時他沒想到「妖怪下賤論」，只是驚惶地想，小袖會不會死掉？

母親在超市上夜班，家裡只剩下他單方面冷戰的爸爸，在外頭忙著客人早訂好的大單，要靠這筆生意付清水電費帳單。

他只得用浴巾把顫抖的小狐裹起來，翻出私房錢和健保卡，要帶小袖去看醫生。

他爸雖然忙翻了，但不至於沒注意到抽泣著出門的兒子。

父親搶抱過妹妹，胡理第一次在那個老不正經的大叔臉上看到如此沉重的神色。父親關了爐子，跟客人道了歉，匆匆收攤熄燈。

媽媽得知小袖病重的消息趕回來，父親告訴她：「嬈嬈，我要帶孩子回『老家』。」

那也是他第一次看到總像個世外高人、漠視世情的母親露出絕望的表情。

♛

他醒來的時候，已經不在人間。他和妹妹都被綁在紅毛大狐狸背上，在幽靜的林子急奔。他認得出包裹小袖的布巾是母親獨門的打結手法，但身邊卻沒有母親的氣息，人類不允許踏足狐妖的國度。

紅毛大狐趕著前往位於林間深處的宮殿請求宗主施恩，他能感受到大狐緊繃的情緒，伸手去抓那條上翹的紅尾巴。

「爸爸，小袖會沒事吧？」

紅狐大嘯一聲，而他左手還是攢著尾巴毛不放，右手撫摸呼吸愈來愈微弱的小狐狸。

「小袖，爸爸說妳會好起來，哥哥就在妳身邊，不要怕。」

小狐狸無法說話，只能舔舔他的手心回應。幼年的他便深切了解到即使形貌改變，妹妹總是他最寶貝的家人。

他不支睡去，醒來時已到達珠玉砌起的寶殿。他惺忪抬起頭，只見各色的狐簇擁著雪白的九尾狐狸。他父親從殿外四肢伏地，匍匐爬進宮內，重重對九尾大狐三叩首。

小袖被其中一隻金色尾巴的狐叨走，放到九尾狐懷中，而他爸被抓去關禁閉；他則是被扔到宮外的園子裡，和尚未修煉成形的公狐崽一起放養。

他那時畢竟是小孩子，知道妹妹沒事，就把爸爸媽媽拋下一邊，和一窩小狐交際起來。在宮中，放眼望去都是狐，只有他是人類小孩的樣貌，但和「同伴」在一塊廝混久了，他也四肢伏地，跟著小狐狸一起蹦蹦跳跳。自從在外公家出了事，他很久沒這樣盡情玩樂，不用上學寫功課，互相撲抓翻滾，吃睡都在一塊。

大約過了半個月，九尾白狐狸——也就是青丘之國的宗主大人，把他從狐狸堆中叫走。

「小理子，過來。」

他怔怔看著白狐宗主化作冷艷束冠的白髮女子。趴地趴久了，他一時間忘記怎麼用雙腿走路，只能搖搖晃晃被她牽著手帶進深宮。

宗主雍容坐上以紅氈鋪上的長榻，修長的青蔥玉指拍拍身旁那處容得下一個小孩的空位，要他上來。

他在榻上併攏雙腿，正襟危坐，大氣不敢吭一聲，宗主卻扭著他的腦袋，要他趴下，可能覺得小孩子太規矩不可愛。

他靠著宗主那雙男人夢寐以求的大腿，後背又有暖和的絨毛抵著——原來是宗主的毛尾，舒服得令他昏昏欲睡。安逸之餘，卻想起孤身一人的母親。母親在家裡也總是拍著他的背、哄他入睡。

女子垂著濃密的長睫，聲音輕柔：「雖然是公的，卻資質奇佳，有時候混血就是會出現這種狀況。」

他不太明白，只聽每日來餵養狐崽的宮人說，一隻狐狸精五百年也未必能修得靈識，胡家的長子卻天生坐擁他父親大半修爲和冰雪聰明的腦袋瓜，這對血脈衰頹的狐族來說或許是個轉機。

「我不要當妖怪。」他陡然坐起，直接戳破宗主接下來的要求。

「爲什麼？」宗主以清冷的嗓子問道。

他大聲叫喊，恨不得宮中的狐都聽見他歧視的言論：「從來只有人討伐妖怪，沒有妖怪替天行道，可見妖比人還要低等，我不要當妖怪。爲什麼我不能只當個人？我不要做下賤的妖怪！」

他日後總是反覆夢見大狐落寞的神情。當時年紀小不懂事，不知道宗主千年來爲了維繫狐妖延續費盡多少心血，卻被他這個不肖後輩指責物競天擇、狐妖在惶惶三界之外本該消失，間接否定了她所有作爲。

宗主只得把他半妖的血完全封印起來，爲此少了一條尾巴，所有知情的狐都說胡家的長子是個不知好歹的白眼狼。

他再回去狐圈，小狐崽們靠近他嗅了嗅，發現不是同類，便挾起尾巴，斂起嬉鬧的爪子，咚咚四散，剩他一個「人」不知所措站在原地。

十年後，胡理又夢見青丘的雪白大狐，她說，她將不久於世。

老宗婆，對不起，害您傷心了。

他希望最後能爲她做些什麼，彌補這些年來的過錯。

♛

晚上十點整，夜生活正熱，雞排攤老闆哼著不成調的小曲，身爲小幫手的雞排攤小開則是趴在後面的折疊桌上打盹，不知道又夢見什麼，嘴邊不時喃喃出聲。

因爲剛才下了一陣雨，生意沒那麼忙碌，攤子只有幾張來電的客製訂單。老闆享受難得的清閒，等會再把兒子踹起來接班。

不知不覺，攤子前多了一把黑傘，傘下是名穿著明黃長裙的女士，胡老闆好整以暇看著她，從對方第一句話決定要請喝茶還是拿濾油網招呼過去。

「阿理都這麼大了？」黑傘女士懷著對後輩的溫情說道，於是胡老闆從小冰箱拿出搭配雞排的紅茶。

「哼，就是個不肖子。上次去什麼科展才拿全國亞軍，眞是丟人現眼！」胡老闆口頭聽起來像貶斥，實際卻是趁機炫耀。

「我們一族懷有子嗣愈來愈不容易，你眞要讓他以人的身分活下去？」

「管他那麼多幹嘛？要當人還是當狐又不關我的事。」胡老闆哼哼唧唧，黑傘女士握緊傘柄。「當然啦，也不關妳們的事。」

「他應該也收到宗主的消息，毛氏和阿麗都出線了，小崽子們很不滿爲什麼名單上有你兒子。」

「袖袖生病那陣子，宗主有多喜歡我家小理子，妳們又不是沒看見？」胡老闆叼著牙籤哼笑，非常招人厭。

「可是他和你一樣，都是無謂族人的叛徒。」

胡老闆盯著油爐痞笑：「他不認祖就不認，但如果那個臭小子有意於此，妳們最好有對一個半妖磕頭的心理準備。」

在一旁小憩的胡理無感父親與他人的爭執，睡容愈發恬靜。他在夢鄉裡和小毛球似的表兄弟滾成一團，牠們想學大狐推舉出首領，小時候的他一口應下：「你們就像小袖那樣，叫我哥哥吧！」竟然沒小狐反對，就這麼跟在他屁股後玩耍。

老宗婆酷似冰山的美麗臉孔又浮現出來，直說他是天生的妖魅。

夢中九尾狐用最大最雪白蓬鬆的那條尾巴撫著他的背，狐崽形貌的他發出咿呀叫聲，聊表孺慕之情。

剛滿十八的胡理繼續夢話：「老宗婆，請等著我……我一定會成爲……最厲害的狐狸精……」

第二章　小袖妹子

翌日早晨，又到了兩名少年的閨蜜時間，箕子自認早來了，胡理卻已經坐在早餐店他們內定的小桌上，一派端莊地神遊。

「怎麼？你家生意又旺到賣到早上？」箕子大氣扔下裝飾用的書包，大剌剌在板凳上蹺起一雙長腿，和胡理看起來有著教養上的對比。

「別提了，我家大冰箱的庫存全炸完了。每次有什麼貴客來，都會連帶招惹其他好兄弟，幾乎來不及換油，差點炸到發爐。」胡理不堪回首，他爸還不時踹他屁股，直說生意人的小孩就是要能吃苦，繼續奴役他到凌晨四點。他洗個澡，把今天小考範圍再溫習一遍就出門上學，完全沒睡。

「阿理，有道是善者殺、惡者放，你就是太乖、太懂事，不然這世道只要亮出你想考醫生這塊免死金牌，你爸把雞排攤賣了都要供你讀書。」

「那個二手攤子不值錢的。我爸就我一個兒子，沒有我逃避的餘地。」胡理依然處在要睡不睡的狀態，箕子先去叫完兩份早點，拿著兩杯飲料回來。

「也虧你身體好，到現在肝還沒爆掉。」

胡理低啜著蛋蜜汁，雖然現在號稱是平凡人，但身上仍有千年狐狸的尾巴鎮守，連最基本的小兒感冒也沒得過。

「箕子，生肉沒有用。」胡理抬起一雙略顯哀怨的漂亮眼睛。

「什麼？」箕子腦筋轉了一圈才想起昨天的話題。「我就隨便說說，誰知道妖怪怎麼變強？我又不是妖怪。」

「說的也是。」胡理只恨鴕鳥心態的自己。過去不是沒碰過隱居在人間的同伴，只是當他們有意示好，他總是躲得比誰都快，妖際關係盡斷，事到如今才想起老鄉的重要。

胡大公子從以前就是把一切事情安排妥當的實作派，問題不會擱過夜，箕子看他爲漫畫主角苦思至此，覺得升格成考生所帶來的壓力可能損壞到好友智商。

「你那個主角好歹有什麼背景吧？不然怎會以爲自己可以和強者匹敵？三界之中，最難修煉的就是妖怪。各族惡鬥，又不時得槓上專門捉妖的道門老派，大環境嚴苛，五百年成人、五百年成仙，再是千年雷劫。一個毛頭小子想迎頭趕上前人，一定要走後門才行。」

胡理呆滯看著早餐店牆上的黃漬：「他爸是大妖怪，修爲全轉去他身上。」

他不太明白「妖力轉移」這種事，又不是捐血，而且他不喜歡被迫承擔。只是上星期看他爸染頭髮，過去幫他弄，順便問他能不能把金丹收回去。他爸譏笑誰不想當回風姿凜凜的大妖，但世間本就有得有失。

「你也不必沮喪，靠爸爸已經是流行趨勢。」

「不用安慰我……安慰他，他當人當太久，對妖怪實在沒有概念。」

箕子「啊」了一聲，睡眠不足的胡理還眞以爲他有好主意。

「依然是漫畫定律，通常主角遇到危機就會爆發潛能。你試著讓他快死掉看看，說不定就會突然變身。」

胡理眼神都死亡了，自己要是有什麼萬一，母親和妹妹下半生倚靠誰？憑他爸的個性一定會把他拖出棺材鞭屍，而社會版再加一則考生憂鬱症自殺的報導。

不，說不定登上的是奇聞異事版面，從人類高中生變成死狐狸。混血眞的很傷腦筋，常受自我認同所困擾，而且要等蓋棺論定死翹翹才知道自己到底是人還是狐。

♛

胡理整天掛著半垂的眼皮，自習課時上台轉達導師的話，督促同學們模擬考要再加油，希望下次排名能有所提升。

大概是他睡眠不足的眼神太殺，同學們立即哭喊：「對不起班長，我們會以死謝罪！」

胡理針對幾個錯誤率高的題目，一邊在黑板解題，一邊思考怎麼才能弄個瀕死經驗，如果弄假成眞，他會記得夜夜給箕子鬼壓床。

當他轉過身，發現班上一對孿生姊妹花踮腳趴在講台邊，眼巴巴望著他。小袖想背叛爸爸偷吃速食店炸雞也是同個眼神。

「班長，不要生氣啦，你這樣好可怕喔！」

「我沒有生氣。還有，要對我使美人計，等妳們發育完再說。」雙胞胎含淚回座。太可恨了，一年級的時候至少還會害羞兩下。

「誰還有問題？不用客氣，儘管問。」

班上一堆男同學舉手：「阿理，你妹電話幾號？」

「想認識我妹，先好好認識我這個大舅子。」胡理略略瞇起睏倦的長眸，教室瞬間安靜下來。

小妹胡袖待人處事非常隨性，出遊的邀約來者不拒，總是一臉天眞地說：「大家都是好朋友啊！」把她的追求者耍得團團轉，多麼純眞而殘酷。

想到妹妹，妹妹就來了。今天放學，小袖跑來校門口接哥哥，不及大腿三分之一的運動短褲配上一雙勻稱長腿，幾乎讓他們學校男生的審美觀往肌肉美偏去。

「哥，這裡、這裡！」

胡袖笑顏燦爛地把胡理招來後，就晃著空蕩蕩的錢包給兄長看。胡理明白了，原來是拔著少女外皮的餓死鬼來蹭飯。

他們到學校旁的自助餐店挾了半隻油雞當點心，不一會桌上狼藉一片，胡理撿著妹妹吃剩的雞骨頭，細細挑著幾絲餘肉，最肥美的地方都留給發育中的小妹。

「要不是妳清純可人的外表，我還以為多了個弟弟。」胡理記得母親連他的睡姿都照世家規矩要求，胡袖卻能盡情翻滾，摔下床也有父母兄長抱回來安睡。

「是呀，我們應該互換性別才對，你不當母狐狸好可惜呢！我相信哥哥一定能繼承宗主婆婆年輕時的名號，讓三界能者拜倒在你裙下，搶著舔你腳趾。」

「我的腳何辜？」

胡袖打了飽嗝，血糖充足後才想起正事，從她那一串籃球、球鞋、太極劍零零總總的雜物中翻出一疊信，新舊不一，也沒有正式郵戳。

「哥，毛毛和阿麗寄了戰帖過來，叫你要嘛棄權，要嘛洗好脖子等著。你說呢？我該不該寫幾封血書回去？」胡袖笑彎一雙月勾似的眼。

「請不要挑起無謂的紛爭。」胡理接過信看，其實裡頭火藥味不重，大半都在慰問小袖妹妹過得好不好，不過一提到他就語氣大變，好像他剝過他們氏族的毛皮一樣。

雞排攤老闆稍微提過狐族的家務事，放眼狐族子弟，胡姓人口當數第一，再則秦家和毛氏分庭抗禮，其餘小宗則是投靠大家，看能不能混個心腹幕僚，好影響上層的意思來保住家族利益。

因爲和老爸的親戚太不熟了，胡理向小妹問起對手的資訊，只知道兩個表姊妹的人形與他年紀相仿，在人世有各自的居所。

「你們彼此應該見過，媚阿姨說，你們曾在同一個幼圈養著。」

胡理回想起毛茸茸的小伙伴們，不由得納悶。狐族待遇女尊男卑，小母狐自有一套小閣，公的才扔到院子裡放養。

「這次候選人都是公的，聽說阿姨們哭倒一片。」胡袖笑笑說道。

胡理想像著原本嬌美的敵人變成像他爸那樣的敵人，似乎可以發自內心痛毆下去，提高一點勝算。

「改規矩嗎？」

胡袖搖搖頭：「幾年前流行疫病，來不及成人的都死了。」

「我都不知道……」胡理呆坐好一會，難怪夢中的老宗婆看起來好傷心，卻什麼也沒說。

「哥，你是不是想改志願當獸醫？」

胡理一怔，或許這是個補救的法子。

「那麼媽媽和街坊叔叔阿姨又該怎麼辦？」

胡理一直以爲小袖單細胞，不會去想這種事，但世上最明白他尷尬身分的，莫過於有著同樣困擾的胞妹。

外公家的人如蛇蠍，而華中街的人照顧他們兄妹十多年。他是不可能爲官了，能夠作爲報答的，就是在他們老了之後，至少街尾那個賣雞排的人家有個大夫，什麼急症都可以叫他來幫忙。

還有母親，要是雞排攤夫人不在了，家裡的雞排大叔不知道還能不能笑得那麼囂張？

「哥，阿麗他們說，新宗主可以立三條新規矩。」

「嗯。」雖然胡理的目的不爲此。

「如果新任宗主下令人類也可以搬進老爸老家，這樣爸爸媽媽就能在一起了。」胡袖殷切地說，依然是以爲夢想總會成眞的小女孩。

胡理伸手越過桌面，輕輕揉著小妹的髮。

♛

油雞只是開頭，他們兄妹倆沿著大街散步，胡袖只要食指一點、往他腰帶一扯，胡理就得掏出錢包嘆息。要是他能輕易面對小妹難掩失望、委屈摸著肚子的可憐模樣，這世上大概不再存有能撼動他理智的事物。

他低頭看胡袖抓起比她臉大的煎包，分作三口吞下的幸福模樣，數落她沒吃相的話在腦子轉過一圈，最後只叫她「小心燙」。

胡袖吃光胡理預存的參考書錢，終於打了個飽嗝。

「哥眞疼我。」

胡理沒被妹妹爛漫的笑容鬼遮眼，皺眉緊盯著她鼻尖微微淌下的鼻水和嘴角油漬，果然，胡袖告白完就撲過來了，不等他掏出衛生紙就把臉上所有不該有的污漬全擦在他的水手制服上。

他想起好友不停對自家小妹釋出的好感，直把小袖當作不沾塵污的小仙女，有瞬間眞想把這小妮子綁一綁送給箕子。當然只是想想而已。

胡袖微尖的耳朵突然一動，大街一片車水馬龍，響起突兀的雞鳴。

「哥，眞正的戰帖來了。」

胡理只依稀感覺四周日光暗下，他和小袖以外的行人似乎與他們隔了層膜，除此之外的異常，憑他這雙肉眼實在無能爲力。

胡袖從她那串雜物抽出長條布包，一把扔到胡理身上，胡理才接過，妹妹就大喊：「預備備——」

「小袖，等等！」

胡袖踢倒胡理下盤，趁他重心不穩，攔腰抱起自家大哥，拔腿衝刺。

胡理哀莫大於心死，人類男子和公狐狸的差別之一，就是他需要兄長的面子。

「哥，所謂養妹千日，用在一時，你不用太見外。」

「成語是這麼用的嗎？」

胡袖健步如飛，四處尋找適合開戰的地點。胡理勉強從她的臂膀撐起身，往後看去，追兵是三個穿著黑色大衣的高大男子，統一戴著紅頂圓帽，看不清臉，從袖口露出的上肢不是人類的手，而是四根指爪。

胡理有點傻了，畢竟他很久沒見過他爸以外的妖怪。

「前面巷口左轉，我記得盡頭是剛剛好的公園預定地。」

胡理沒記錯，但就因爲新工程的關係，巷底和公園之間多了一層柵欄。胡袖把胡理抱上去，胡理艱難地踩在接近兩公尺高的欄杆上，低身要把胡袖拉上來，胡袖卻背過身，從布包內抽出長劍。

「小袖，這裡是巷弄，不適合刀劍！」

「小地方有小地方的玩法。」胡袖壓低重心，右足前踏，單手將劍擺出直刺的架勢。

「哥，正好看看我適不適合作你的『傍身』？」

狐族宗主遴選，可挑選兩名幫手同行保護他們心中的王，稱作「傍身」。

胡理想都沒想：「不適合！」

胡袖無奈癟癟嘴，回神面對第一個來到自己身前大張兩爪的雞臉男子。她一個前擊，劍尖不偏不倚點住咽喉，男子模糊「咕」了一聲，偏長的頸子就被貫穿，歪首倒地。

下一個男人直往胡袖撲去，在她分神抵擋的同時，第三個男人振翅飛上柵欄，雙足穩貼、落在胡理身旁。

胡理聽見心臟怦怦巨響，腦海轉過許多面容，下一秒，男子佔了半邊臉的尖喙直向自己胸口啄來。

霎時，長劍如箭矢飛來，一舉射穿雞男。牠淒厲地吱叫一聲，雙足朝天墜落。

胡理還沒來得及鬆口氣，就急得對下面喊道：「小袖！」

胡袖手無寸鐵對上比自己壯碩兩倍有餘的敵人，無畏地邁步向前，雙手拿下那支長脖子，反手一轉，最後一隻雞男當場嚥氣。

胡理縱身躍進血濺三尺的案發現場，忍住對妹妹搏命演出的憤怒。

「小袖，有沒有受傷？」

胡袖暗地鬆了一大口氣，又朝胡理亮出無賴的笑容。

胡理瞬間明白了胡袖的用心。妖族血親之間總有種特殊的感應，她一定預感到什麼壞事，才會大老遠跑來接他回家。

「哥。」胡袖在兄長身邊轉了一圈，然後半跪下來。

幼年生病那時，她常被宗主阿婆攬在懷裡帶著走動，宗主的手指和媽媽不同，涼涼的，摸得發燒的她像是吃雪花冰一樣舒服。

她發現宗主那些日子總愛待在某處向外的樓台，等到她病好過一些，聽出那是哥哥的聲音，急忙從宗主的袖口探出頭來，底下和一群毛球跑跳的小男孩正是胡理。她哥哥在外公家受傷之後，情感、表情都不見了，有時還變得很嚇人。能再看見他笑，胡袖好高興。

到了放飯時間，宮人帶了一盤糕點到院子餵食狐崽子。小狐們爭先恐後擁上去，小男孩出面維持秩序，要同伴們排排蹲好，他用人的十指仔細均分有些燙手的糕點，確保每隻小狐都有得吃。

胡袖聽宗主低聲自語：「得了權勢，有所作為，然後呢？」

小男孩忙完，由站姿再次俯下身，兩手把食物放在草地上，埋頭享用起點心，就和其他小狐狸一個樣，不認為自己有什麼特別。

胡袖抬頭看宗主那雙冰晶似的美麗眸子幾乎要融化開，連病弱的她也感受得出，宗主阿婆真的好喜歡她哥哥。

「小袖兒，王者之路並不好走，要有爲大道犧牲的覺悟。」她掙扎翻過肚子，仰起頭，宗主抓抓她困惑的毛腦袋。看起來小狐群感情融洽得很，有誰料得到牠們日後會爲了大位一決生死？

「現在連人都不稀罕古時的聖王，畢竟他們世界最終得勝的王總是沾滿血腥的霸主，以爲那才是眞理。但人之所以爲人，妖之所以欲爲人，豈是爲了把那顆能思索天地浩瀚的七竅玲瓏心耗在爭權奪利？」

宗主在胡理身上看到一種特質，和美貌雅姿、聰黠慧敏無關，若說是溫柔善良，又不夠貼切。

「爲免寬容被以爲窩囊、成全被譏爲怯弱，那顆心被無知小輩踐踏──」

胡袖精神抖擻聽著。

「小袖兒，在那之前，保護好他。」

所以胡袖早早回絕表兄弟百般示好，什麼要他們胡姓分擔風險、投效他姓取得最大利益的話，她聽不懂。她支持胡理不僅因爲他是自小疼愛自己的兄長，還有因爲這個男孩子是她身負御令輔佐的王儲。

「這是幹嘛？」胡理扶起莫名跪自己的妹妹。

「哥，就讓我保護你吧？你可以挑兩個傍身赴會，我要當你左手。」胡袖誠懇請求。

胡理兩眼有些泛紅：「小袖，我真的不想把妳牽連進來。」

「你要是成了青丘主子，我就是功臣了，記得養我一輩子。」胡袖早早想好賣命的條件。

「妳吃了十五年還不打算放過我？」

胡袖攤開自小習武而布滿粗繭的右手，扣住胡理因幫忙家裡生意總被熱油燙得脫皮的左手，無視自己一身雞血味，奶聲奶氣黏上去。

胡理右手輕拍小妹的額髮，就像對待這一生的珍寶。

「小袖，這件事就別再提了，我絕對不會同意。」

胡袖只是瞇著眼笑，腦袋在胡理懷中亂蹭一通。這讓胡理有些後悔把妹妹寵過頭，害她從來不把自己的叮囑放在心上。

第三章　箕子大師

他們從建地尋得空的水泥袋，把三隻死後變成黑羽公雞的雞男裝進去，再回頭去找被他們落下的書包和球具。

走進熱鬧的華中街，開店的鄰里即使忙著生意，都抽空向他們兄妹招呼一聲。眼看胡袖又開始對燒臘店懸掛的雞鴨流口水，胡理只得匆匆回應，大步把妹妹拖走。

「哪家的孩子，生得這麼好？」客人們紛紛回頭，想再看清楚點，兄妹倆已經沒入人潮之中。

「雞排店的。」商家們用力嘖了一聲，想到胡老闆得意的嘴臉就賭爛。「那女娃從小就像神仙捏的，漂亮可愛又一身脫俗靈氣，一定是仙女投胎。」

「不過眞要說起來，老大更不像人啊……」

華中街鄰里還記得胡理這條移民街最早出生的孩子。胡家夫妻忙於生計和照顧幼女，沒有上幼稚園的小理子就給大伙輪流看顧。看小孩子樂天地在街上蹦蹦跳跳，日子再糟也過得下去。

早年華中街生意慘澹，好不容易人潮多了起來，可誰也不肯拉下臉招客。那孩子就站在店家門口清脆吆喝著：「吃飯了，進來坐喔！」經過的人就像中邪一樣，搖搖晃晃進門光顧，等清醒的時候，好料已經上桌。

「才幾歲大，就笑得那麼媚。」眾店家相對嘖嘖，講古講得很有興致，客人吵著上菜都不理會。

然而胡家老大似乎意識到了這點，愈大愈是常板著臉孔。但有時候招他來聊幾句，說到興頭上，那雙漂亮的狐狸眼還是會不自覺勾起，彷彿能勾住人的魂魄，不管是錢和性命都可以捧給他，雖然他只不過想借包鹽回去。

嘖嘖，眞是活脫脫一隻狐狸精！

胡理無感自己成爲街坊八卦的中心，在工作桌一邊打盹一邊剝四季豆。今天帶回來的三隻雞已經被母親親自下廚拔毛剁骨，母親很滿意牠們的肉質，直說放養的雞隻才有這般彈性，而牠們有多「好動」，胡理已經用生命體會過。

要不是小袖在，他今天約莫就被逆食物鏈。下手的人不可不謂心思狠毒，竟然想讓一隻狐狸死在雞爪下，奇恥大辱；不過換作一個高中男生被雞啄死也是一樣丟臉。

胡理不住著急，想著一定要快點變強才行。

胡理越想越有種窒息的無力感，被迫從深層的意識中清醒，一團紅毛抵住他口鼻，不讓他呼吸。

「爸爸！」

胡老闆在三尺之外炸小雞塊，扭著屁股哼歌，好像拿尾巴捉弄兒子完全不關他的事。

「臭小子，要睡就進去睡，看了就礙眼。」

胡理拿手巾抹開嘴邊的毛，把父親的話當屁放過，繼續與四季豆奮戰。剛才有客人打電話來要一千塊的豆子，說什麼今晚如果沒有在豆子中度過會死，他需要豆子。胡理連忙說他知道了，記下電話和取貨時間，客人又說弟弟你聲音真好聽，能不能跟大哥哥多聊會？他便用力掛下電話。

胡老闆叼著一枚長豆，充作香菸，痞痞地對悶頭做小代工的胡理發話。

「你最近就讓袖袖跟著，既然是弱雞就別逞英雄。」

「爸，蠢人都知道，雞蛋不能放在同一個籃子裡。」胡理深知性命寶貴，但小妹又大於自己一些。

「你們不是兩顆蛋，而是兩隻你媽勞心勞力養大的蠢崽子，看得比你爸還重，哪一隻沒了她都承受不住。」

胡袖到現在晚上還是要抱著媽咪睡覺，恨不得把自己黏在母親懷裡，就像隻未斷奶的小獸。

胡老闆年輕時，某晚向床上睡眼迷濛、姿態撩人的老闆娘提議，不如把睡熟的女兒放到另一邊小床，夫妻倆親熱一下。老闆娘嗯嗯兩聲，比向抱著老闆尾巴不放的兒子。胡老闆眼中迸射出殺氣，卻怎麼也沒辦法把年幼的胡理從自己尾巴上拔下來。

從青丘回來之後，兒子神經病好了，卻迷戀上蓬鬆毛團。

「你們兩隻孽障嚴重影響到我們夫妻生活。」正題先放一邊，這點胡老闆必須特別提出來抱怨。

胡理臉別過一邊，裝作沒聽見。

「你爸欠了青丘太多人情，這件事實在說不上話。」胡老闆挾起限量供應的炸蛋蔥油餅，特意在胡理面前晃兩下。

胡理失手腰折半把豆子，被胡老闆扔冷凍豆干教訓。

「是因爲……我選作人類的關係？」胡理苦澀地說，都是他害得父親沒法在同伴面前抬起頭來。

「小子，老子雖然是隻狐妖，但我很慶幸你當初吵著變成人。」

胡老闆看餅差不多涼了，切成兩半，鮮美的蛋汁汩汩流出，端到工作桌上，順帶揉亂胡理那頭用寫著「雞八兩」藍色髮巾束好的頭毛。

「你媽那時每天都站在我帶你們離開的地方不肯走，我看得心都要碎了。」

帶孩子投奔青丘前，胡老闆已經向妻子明白表示不會再回來，可是年輕的老闆娘卻日復一日等待著，向上蒼祈求奇蹟。

胡老闆說完，胡理撇頭擰了下鼻子。他還記得再見到母親那天，母親雙手緊緊抱住他和小袖，這是他懂事以來第二次害她掉下眼淚。

「你就沒想過袖袖這麼一個好吃懶做的孩子何必去學動刀動槍？憑現在母狐的搶手程度，就算她盡情打混度日，族內來的相親帖還是疊滿你媽的床頭櫃。」

簡而言之，供不應求，賣家爲大。

「可是你咧？我們胡姓雖然狐多勢眾，但我當初把宗族得罪光光出走，他們根本不待見你爸的孽種。比起另外兩家推出的狐種，講難聽的，除了爸爸滿滿的愛，你還有什麼？」

「我知道處境艱難，不過你可以把愛收回去，我不需要。」胡理低聲頂了一句，被父親用力巴頭，他索性把臉埋下去。「可惡，我明明是大哥，小袖還那麼小……」

胡老闆睨著自責不已的兒子，沒說在自己眼中，他也不過是隻毛沒長齊的幼崽，沒事就對爸爸亂撒氣。

「宗主當初與毛氏爭王，也有胞弟幫忙。很厲害的一隻狐，在人世當過將軍。」

「眞的？」胡理抬起頭來，原來像宗主婆婆這麼強大的狐也需要幫手。「她弟弟呢？怎麼沒聽說過？」

「爭位那時，毛氏引來外族，死在人類箭下。」胡老闆幽幽提起不怎麼光明燦爛的狐史。千年前中原動亂，血腥和暴力也擴張到異世去，若是宮中那位九尾大狐沒有挺身而出、冷眼放給它爛，青丘早就成了青墳。

身爲和鳳主齊名的明君，她付出的代價不是一般狐狸忍受得了。

胡理聽得臉色刷白一層。這下子沒什麼好說的，他絕對不讓胡袖蹚渾水。

這時，轎車車頭燈往雞排攤亮了下，有個西裝筆挺的男人走下車，說要拿電話訂好的炸豆子。

胡理「啊」了聲，起身向對方道歉：「對不起，可能還要再等一下……」

「啊哈，老子等你很久了。」雞排攤老闆風風火火衝上去，二話不說直接扁人，打得男人唉唉叫。「敢調戲我兒子，去死吧！」

華中街里坊趕緊出來看熱鬧、拍手叫好，胡家樓上卻沒動靜，老闆娘和雞排小千金大概已經酣然入睡。

胡理裝作不認識他爸，只是繼續剝著豆子。

他憑什麼和兩個大族擁戴、名正言順的表兄弟一拚？

雞排大叔說，宗主大人當初也是勢單力薄，境遇比有父母倚靠的他險惡許多，但不管族人譏笑怒罵或是被踩進泥濘之中，她還是一步步爬到頂端，因爲她知道自己會是青丘的王，她不能輸。

他也有不能輸的理由。

胡理思索至此，終於起身去勸架：「爸，我豆子剝好了，先叫他把一千塊掏出來再打。」

隔天，箕子晚來了，胡理先把早餐點一點。

他昨天千鈞一髮差點掛掉，但依然兩隻手兩隻腳，沒感到任何變化，沒激發出任何強大的潛能，只換來一個被雞追殺的惡夢。

由此可知，箕子說的都是屁話。

胡理挾起蛋，眉頭一皺。今早從出門就聽見耳邊嗡嗡作響，聲音越來越大，可是這家老闆娘獨身經營早餐店窗明几淨，左右顧盼，找不到一隻小蟲。

「啪！」氣喘吁吁、提著一只大包趕來的箕子，全力巴了胡理一掌。「眞是好險，這麼大的蟲子……」

胡理漠然起身，去廁所照了下鏡子，只有一記火辣五指印，沒有蟲屍和噴濺出的體液，回來看見箕子露齒賠笑，毫不猶豫把友人掐得哭爹喊娘。

「阿理，饒了我吧，眞的有蟲啊！」

胡理很想把過去他和箕子多年來積累的愛恨糾葛一口氣討回來，最終只理了理制服領口，正坐回原位。

胡理低氣壓側過臉，等頰上刺痛感略消，才回頭看見連筷子都拿不好的友人把生菜吃得滿桌都是。

胡理母親是官家小姐，十分注重餐桌禮儀，兩歲就教他用刀叉，但後來不知道是不是生第二胎發懶，規矩就留給老大，老二快樂放養。胡袖的吃相已經夠驚人了，箕子竟然能和她一較高下。

胡理動手側翻箕子盤中的烤餅，讓餅皮和餡料垂直於筷面，吃起來順手許多。這樣再能掉屑，他也只能叫箕子把手砍了算了。

在胡理認命整理桌面的時候，箕子擱著手看他，目光閃爍。

胡理放下怨氣，注意到箕子頭髮今早翹得特別嚴重，雙眼暗沉，感覺整晚在床上翻來覆去，睡得很差。

「箕子，你家裡是不是有事？」胡理放輕一絲語氣。

箕子怔了下，然後垂下眼：「沒有。他們就算死光，也與我無關。」

胡理不好八卦，但箕子的家務事他大概知道九成，畢竟他們認識的契機就是因爲箕子父母婚變，他把一隻腳已在國中頂樓欄杆外的箕子，從鬼門關門口硬拖回來。

他們爲了讓箕子爹娘復合，四處尋找民間偏方，也是那時候開始，箕子對不可思議的世界產生興趣，常看他書包裡放著研究鬼怪的古籍，不學無術。但很遺憾地，到頭來還是沒挽回他爸媽的婚姻。

箕子絕望一陣子後，就再也沒提過父母半句。

「阿理，那個，你還想知道妖怪的事嗎？」箕子吞吞吐吐，胡理沒想到對方先開了頭。

「嗯，要從無能少年變成大妖怪，除了細菌感染和心臟病發，還有沒有別的法子？」

胡理問完，箕子突然打起盹，垂下腦袋和雙肩。胡理連眨了三下眼後，對面的友人才重新抬起頭來，開口卻是老者的嗓音。

「你問第三次了，妖孽。」箕子向他投以冰冷的眼神，胡理不陌生，外公家的人都是這麼看他。

「你……是誰？」胡理驚疑不定，眼前佔據他朋友身體的人已經不是他朋友。

「放肆！小小狐孽糾纏神乩窺探天機已是大逆不道！還竟敢僭越質問本尊名諱！」

胡理比個暫停的手勢，去向被箕子嚇到的老闆娘解釋他們在排演話劇，又以泰山崩於前放給它倒的架勢入座。

「白話文，謝謝。」

如把平時的箕子稱作箕子一號，眼前這個姑且稱作箕子二號。箕子二號眼見他這廝小妖依然無禮，重重拍桌。

「狐魅最好使的就是這套路數，趁吾等乩身衰弱，花言巧語誘騙他做幕下賓。」

胡理感覺得到頭上血管跳動起來。他素來不喜人以偏概全，一張標籤決定一個人優劣。對方以為只要是狐狸精就巴不得跟男人好上，他看起來是那麼開放、那麼不挑嘴的妖怪嗎？

「我們是投緣才會在一塊，對高中生來說，能有個聊天抱怨的對象有助於抒發壓力。」雖然不高興，胡理還是試著和箕子二號講道理。「他看我笑可以無動於衷，我也看過他哭到眼淚和鼻水亂噴的蠢樣，我們是朋友。」

對方只是冷笑：「不過是一隻下賤的妖怪，什麼朋友？」

這種被一味否定的感覺，著實讓人生氣。

胡理壓低嗓子，一字一句說道：「我認識箕子至今，即使他心情再壞，也從沒對我擺過臉色，而你這個外人憑什麼說嘴？」

「孽障！吾乃是……」

早餐桌不大，可以清楚見到彼此神態，胡理沉著一雙眸子，抬起臉向對方下命令。

「向我道歉。」

「……對不起。」對方恍惚應答。

「很好，你滾吧。」

箕子頓時像斷了線的木偶，再次垂下頭肩。

胡理非常後悔找箕子商量，他還沒做好失去日常生活的心理準備。

胡理等了一會，箕子才揉著眼「醒來」，略略歪著腦袋看他，半睨著黑白分明的眼，有種說不出的慵懶。胡理看得出來，眼前的「箕子」仍然不是正牌箕子。

「你就是他常提起的小狐狸？」

這個箕子三號口氣溫婉，很中性，分不出男女，卻讓胡理感覺比上一個更令人戒慎恐懼，不由得打起萬分精神面對新的敵手。

「乩身問三次必回，然，問話者必須付出相對的代價。」箕子三號把上個箕子說過的話簡白說明。

「我不明白，我只是找他商量……」

「眞要說的話，『他』也不明白。」箕子三號比比自己的笑臉。「他還未出師，沒法控制神臨的對象和時機，加上昨晚沒睡飽，當你的執念跨過三之數，他就被奪舍了，幸好不是召到陰神。」

就胡理對人類的認識，平常人被連問三次問題，應該不至於被鬼附身。

「不是鬼，是神祇。」箕子三號出聲反駁胡理的內心話，胡理除了死人臉，一時間沒法表現出更驚愕的樣子。「現世能做神乩的靈媒已經不多，像他專門供給上古神靈役使的體質又更稀有一些。」

「也就是說，我朋友不是普通人？」胡理一時難以消化這個結論，就像話本裡那些書生，某天睡醒發現枕邊人為狐妖是同等心情。

箕子三號沒回話，只是朝胡理呼口氣過去。胡理一陣顫慄，再定睛看，他身體半尺外被一群赤眼黑蝨密密麻麻包圍著，伺機要鑽入那層無形的保護膜。

「他為你做了很多，你卻什麼也不知道。」箕子三號執起一雙竹筷，往胡理腦後方一點，戳中蟲群之中的蝨王，接著把巴掌大的蝨王插在早餐桌上，體液流滿桌面。他一揮手，蟲屍和稠液眨眼間又消失無蹤。

黑蝨逐漸散去，胡理被這場震撼教育堵住了質疑對方虛實的句子。

箕子三號殺完蟲，可能是見桌上的蔬菜烤餅順眼，伸手拿起就咬，胡理連忙制止。

「別吃，不然他醒來會以為犯人是我。」胡理起身向老闆娘加點一份，等全新的早點送來，箕子三號滿意笑了。

箕子平常絕沒有這種飽含心機的笑法，胡理看得陣陣發毛。

胡理深吸口氣：「你要什麼代價？」

「你是個非常聰明的孩子。」箕子三號享用起貢品，不幸和箕子一號一樣，又吃得滿桌都是。「我要求不多，只要你一條尾巴。」

「爲什麼？」胡理忍不住偷偷摸向自己空無一物的臀部。

「我試過各種毛草當圍巾，都沒有狐狸尾巴來得舒適。」箕子三號瞇起眼懷念。「還有，我大老遠過來，就算你不問還是要把費用付清。」

胡理確信，這是個不折不扣的大壞蛋！

「抱歉，我沒有你要的東西。」胡理對付奧客一向用缺貨理由推掉。

「沒關係，等你長出來再切給我就行了。」

胡理懲了好一會，想想宗主，想想爸媽，想想小袖，終究還是低下頭請求：「仙士，請教教我該如何是好？」

箕子三號比出三隻手指。

「其一，南嶺的盲人捨棄隨手可得的枝梢，而求東海上千年巨木爲杖，爲什麼？她的武藝始終爲保護你而精勤，又能代你與族內周旋，爲何棄而不用？」

胡理低垂的雙目有些怯乏和抗拒。

「那枝梢對我來說非常寶貴，連把她比喻爲拐杖我都不太捨得，要是前行之中不愼折了她，我該怎麼向爸媽交代？」

箕子三號無視胡理難處，繼續下去。

「你還有一個知交。」

「你是說你現在依附的這個少年?」胡理快被答案逼到死胡同裡,「他一個人借住在親戚家,生活多不容易?我能幫他的已經太少,還要把他攪和進來?」

「眞好心呀!」箕子三號掛起輕蔑的笑,胡理瞪著他。「問問是無所謂,只是他還沒辦法正確控制預言和詛咒,小心他那張嘴。」

胡理就覺得他之前會降低智商去遵循箕子胡謅的方法,一定是中邪來著。

「其二,看清你的敵人。」

「什麼意思?」

「你會明白的。」箕子三號意味深長表示。「其三,成功者從來沒有二心,你這般搖擺不定,如何做服眾的王?」

胡理被狠狠踩到痛處。

「我還沒釐清自己的歸屬,是我不足,但我一定要贏。」

「我知道,我生平還沒看過這麼傻的理由,你這隻小狐崽眞讓我開了眼界。」

箕子三號盡情取笑完胡理,陷入沉睡,大概過了半分鐘,箕子本人才眞正醒來。

「怎麼突然覺得很飽?」箕子盯著吃一半的早餐,露出對胃容量的困惑。「阿理,剛才說到哪了?」

胡理默默注視渾然不知已經天地翻轉過的箕子,箕子倒是自動自發從帶來的大包裡翻出泛黃的古書和卷軸。

「狐妖修煉的方式殊途同歸，既然已有人形，那接下來就好辦了。」箕子比劃上頭他註記的地方，態度異常熱情來掩飾他的不自然。

「箕子，我沒說是狐妖。」胡理有些難受地點破友人露餡的地方。

「是嗎?我翻嬸婆的書庫沒多想……」箕子慌亂收起文書，胡理咬住下脣，彼此都明白沒法再裝傻下去了。

良久，箕子先開了口。

「阿理，是你先瞞我出身，我才瞞你修行的事。我看你很傷腦筋妖怪的事，去問師父，師父說你故事中的妖怪就是你，你就是妖怪。」

「對不起，我不是沒把你當朋友，只是會害怕。」

胡理在外公家切身體會過人類把異類踩在腳下的各種手段，之後再也沒想過要對誰承認半妖的身分。他內心深處始終認爲這不是祕密，而是污點。

三年交情就這麼完了，胡理非常後悔當初爲什麼不獨自承擔下來?

「阿理，我不是爲了收妖才去拜師學道，我學的不是這一塊，不會傷害你。」

「箕子，你不覺得噁心嗎?」

箕子仰頭嘆息：「眞是的，我們不是哥兒們嗎?」

胡理瞬間有點想哭，還好有忍住。

「雞蛋子，你發現什麼好法子，說來聽聽吧？」

「胡阿理，我發現變強的捷徑就是採補之術！交合、燕好、做愛！」箕子燦爛說道，詛咒立刻成形。

生肉、找死，接下來是貞操了啊？

胡理微微一笑：「箕子，其實我們是仇人吧？」

第四章　蕉蕉小姐

繼天真無邪的妹妹從小立志保護他的打擊之後，又發現交往多年的好友原來是狐妖天敵臭道士，胡理深感前路一片黯淡。

他今天自習課監督英文小考，有感而發，就順帶語重心長對同學們表示：「你們這些沒人逼就不長進的考生，以後就算我不在，也要好好加油。」

同學們大驚失色：「班長，不要放棄我們啊，班長！」

導師耳聞到風聲，放學後特別招胡理到半退休用的教師休息室喝茶。

「我明年就要跟著你們班畢業了。」導師半躺在藤椅，享受胡理半套馬殺雞。「有你在，老師過得很爽很舒心，都沒被學生家長糟蹋過，所以你有什麼困難都能找老師商量。」

「謝謝老師。」雖然和生涯計畫有關，但又不是應化系還是化學系哪個出路比較好那類的糾葛，胡理說不出口。

師生會談之後，胡理去廁所換上準備好的便服和帽子，把黑色鴨舌帽的帽簷壓到最低，確定自己臉部藏在陰影中，只露出一雙耳朵，偷偷摸摸到側門和好友會合。

箕子已經在圍牆邊等著，也用風衣外套遮住學校制服，拉起外套的白色連帽，不時鬼祟張望，看起來就是可疑人物。

他們相會後，找到最近的公共電話，箕子拿出有亮粉的香水名片，胡理用微抖的手按下名片上的號碼，大約過了半分鐘，電話接通。

「請問是『蕉蕉』小姐嗎？我想約妳那個……對外提供的服務……」

對方聲音很甜，答應得很乾脆，胡理默背下她約好的見面地點，失魂落魄掛下話筒。

他早上和母親說會晚回家，媽媽溫柔一笑，叫他好好玩。要是他媽知道他是出來嫖妓，她那把剁雞專用的菜刀會不會招呼到自己全心教導的兒子身上？

「箕子，三千塊夠嗎？」胡理爲此翻出自己所有現款，打破兩個惡犬造型的存錢筒。

「不夠你就跟人家說你是第一次，請她打折。」箕子由衷提議，胡理就知道不會得到任何有建設性的答案。「阿理，你會不會緊張啊？今晚可是你破處之夜！」

「住口好嗎？」

箕子變得特別多話，似乎從以前就很想和胡理討論這塊男性話題，可是胡理大多時候就像不食人間煙火的高嶺之花，神聖而不可侵犯，或是冒犯他直接挨揍，如今終於可以攤開來聊青春期發育，得償所願。

「吶吶，阿理，你夢遺過了嗎？」

「去死吧！」

那是一樁慘痛的背叛經歷，他十六歲那年，帶著惶恐和羞怯，偷偷抱著殘留記號的床單去找父親。雞排攤老闆摸摸他的頭，笑著說「長大啦」，還跟他保證一定會保密。

結果當晚母親燉了一大鍋雞湯，妹妹興奮問他春夢的過程，胡理食不知味，後來趁雞排攤客人少的時候，和他父親用力幹上一架，差點斷絕父子關係。

「阿理，那你有自己摸過嗎？」箕子再接再厲。

胡理不只一次後悔結識這個白目仔。

「小袖喜歡跑到我房間，沒事就打滾一陣，嗷嗷叫個幾聲，又莫名跑掉，所以我房間從來不鎖。」

「那你要是想發洩……」

「忍著。」胡理有次想關門試試，胡袖進不來，可憐兮兮在門外磨爪子，問他是不是不要小袖了，再硬的心腸和那裡都會軟下。「反正以後出外求學工作，有的是機會。」

「你眞的很疼你妹，這要我該如何是好？」箕子嘆口大氣。

「這又關你什麼事？」

「小袖說過，她以後的伴侶要比她哥對她更好才行。」

「哦，這樣啊。不過你不用操這個心，因爲你和小袖是不可能的。」

「阿理，幹嘛防我像防賊？每個人都有戀愛自由啊！」

胡理故意一臉憐憫：「我妹就跟我一樣，都是妖生子，你身爲道士應該知道人妖在天理上不能通婚吧？」

箕子似乎眞的忘記這點，嘴張得像雞蛋大。

「可是我喜歡小袖喜歡三年了……」箕子眞情告白怔怔脫口而出。

「那眞是太遺憾了，箕子閒同學。」

可愛的小袖妹妹原來也是狐狸精這件事對箕子衝擊頗大，終於讓胡理擺脫性教育的話題。

他們隨便帶了一袋吐司和兩罐奶茶去新公園等待「蕉蕉」小姐。新公園附近都是百貨商場和高級餐廳，還沒吃晚飯的胡理和箕子經過飯館，總覺得更餓了。那三千塊要是不嫖妓，也能讓兩人好好吃上一頓。

箕子的目光突然定在某家義式餐館，胡理看著店外陳列的菜單，價位驚人，就算跟來的人是小袖，他也會把人搖清醒之後拖開。胡理連叫了兩聲，箕子都沒回應，才發現對方注意到的不是菜色而是用餐的人。

「箕子，那個男的是你爸嗎？」

靠窗的餐桌有對男女膩在同一張小沙發上，男人稱得上英挺，眉眼和箕子很像；女子不是箕子的母親，而是某個妖艷的小情人。

「我每次跟他要生活費，他都說得像快破產，可是看起來過得很好嘛……」箕子喃喃說道，口氣很平靜，但是眼神藏不住眞正的心情。

胡理拉了拉他左臂：「要不要進去和他說說？」

「有什麼好說的？」箕子回得決絕，隨即想起被他口氣衝到的不是那人渣而是自己朋友。「阿理，抱歉，今天明明是陪你來嫖妓，你等我一下……」

「反正還早。還有那個心裡明白就好，拜託不要一直說嘴。」胡理看箕子難過，不跟他計較。

箕子把胡理招到看得見餐廳窗戶的行道樹後方，從上衣口袋抽出一張名片大小的白色紙卡，在紙卡上繪出類似廚房天敵的圖案，然後把紙卡對向那對男女，呼出一口長息。

紙卡上的圖案化作黑色薄霧從半空飄去，穿過玻璃牆，準確依附到男人身上。

大約過了三分鐘，男人身旁的女子率先發出尖叫：「有蟑螂！」男人趕緊起身抖掉名牌服飾上的害蟲，沒想到甩掉一隻又招惹十隻過來，女子起初還肯爲男人驅蟲，後來發現小強越黏越多，就算是眞愛也不敵噁心，拿起皮包衝出店外，扔下被蟑螂團團包圍而昏厥的男人獨自一人。

胡理目睹整個鬧劇過程，站在箕子父親的立場可能有點可憐，但站在箕子這邊就是大快人心。

「阿理，我本來想爆破他們桌上的水杯，劃花那對狗男女的臉，對現在的我來說，不會很難。」箕子沉聲說道，胡理安靜聽著。「可是我師父規定用道術傷人要禁三個月法力，下個月就期中考了，不行啊……」

胡理明白了兩件事，其一，原來箕子的爛成績還有法術摻水的成分，他的學業已經可悲到連作弊都沒出息；其二，他對箕子的師父多少有所顧忌，雞排攤老闆從小到大沒少說過道士捉狐的故事，但聽來至少是個會替箕子衝動性格設想的師長。

「走吧，阿理。」箕子深呼吸平復心情，「咱們還得去買春。」

胡理終於忍不住巴他腦袋：「就叫你別再說了！」

他們坐在燈火通明的新公園噴水池邊等人，說起「蕉蕉」小姐，箕子會從搜羅到的上百張小姐名片中挑出她來，就是爲了一個色字。

「阿理，要是大頭貼就是本人，那個女生還滿可愛的！絕對是你喜歡的型！」箕子把名片塞到胡理手上，胡理只是按著額頭，沒去看對方長相。

「箕子，聽說政府最近在掃黃，要是被警察抓到該怎麼辦？」胡理認爲自己好面子這點應該是遺傳到他外公。只要他覺得身上有什麼太過、不好的地方，都直覺推給母親娘家。

「阿理，你滿十八了吼？」

「何必明知故問？」

「那就不能減刑了。」

胡理無聲凝視著箕子，直到箕子了解到自己白目所在，低頭向爲了這一嫖賭上十八年模範人生的胡理道歉。

「阿理，你做完，一定要告訴我是什麼感覺。」箕子還是停不住嘴，「這次對你一定是個重大的突破，但如果你要一直精進下去，還是去找個長相清純身材火辣的成年人姊姊比較省錢。」

等待的時間是難熬的，尤其身旁的人比自己還要緊張。有人緊張是內斂的，有人緊張是像箕子這樣不停騷擾當事人，讓胡理積怨到期盼「蕉蕉」快點出現。

「嗨！」

胡理最先看到的是一雙白色平底鞋，再來是梭狀的小腿和亮黃色長裙。當對象眞的出現時，他連呼吸都調不整齊。

「我是蕉蕉，是你……你們找我的嗎？」蕉蕉不愧服務業之名，他們把外表包成這樣也認得出他們是客戶。

「嗨，蕉蕉妳好，他是主顧，我是陪嫖。」箕子因爲緊張不停搓手，發出音調偏高的笑聲，感覺更加猥瑣，還低聲跟胡理耳語：「她奶好大，有D欸，賺到了！」

胡理透過帽簷看去，「蕉蕉」畫著大濃妝，戴著金色假髮，除了發亮的圓眼看不清面容，兩頰微肉，下巴很短，讓漂亮的五官變得不夠出挑，就像是顆圓蛋，與其叫蕉蕉，她應該叫蛋蛋才對。

「妳幾歲？怎麼會出來做這個……」胡理說完被箕子掐了一把，眼下不是訓話的時機。

「我也不願意，哥哥幫幫人家嘛，性和愛是可以分開的。」蕉蕉嗲嗲地嬌笑，胡理總覺得她說話有種不諧調感，但又不像強顏歡笑。「兩位哥哥，要做全套還是半套？」

看兩少年略略睜大眼，蕉蕉又好心說明。

「要進去還是不用進去？」

「要、要！」箕子明白了，「當然要進去啦，這種陰陽調和的道法，男女必須連爲一體，互補才得以圓滿。」

蕉蕉呵呵笑著，他們跟著陪笑。

然後，胡理聽見「啪」的一聲，像是錄音停止鍵跳起的聲響。

「不要動，警察。」蕉蕉亮出警證。「小朋友，身分證交出來，看你們這副嫩樣，滿十八了沒？」

胡理第一個念頭就是去掐箕子脖子，叫他去死。

趁他們還沒反應過來，蕉蕉給兩少年俐落扣上手銬，好整以暇拿出記事本。

「第一次吧？嫖妓的目的是？」

「爲了修煉。」兩人異口同聲說道。

蕉蕉沒有笑，只是舔舔原子筆尖，寫上「誤入歧途」四個大字。

「今天本來我休假，結果半年前扔的餌竟然有魚上勾，特別加班來抓人。感激我吧，及時拯救你們離開性病的深淵。」

趁蕉蕉低眉作筆錄，胡理和箕子互使眼色，才往後退開半步，就被蕉蕉女警眼明手快地捉住手腕，手勁之大，他們兩個男的聯手竟然掙不開。

胡理明白剛才不諧調的緣由是什麼了，這麼一個高手卻要裝成柔弱女子，難怪和她天生帶有的英氣相違背。

一陣強風猛然颳起，同時掀開胡理的帽子和蕉蕉的金色假髮，兩人就這麼毫無遮蔽對上了眼。

「今天是什麼日子……」蕉蕉低聲沉吟，胡理心中警鈴大響。「聽過這麼多傳奇故事，竟然讓我捉到一隻活生生的狐狸精，老天爺啊！」

「阿理，小心！」

不是他不想逃，而是他逃不過，等胡理感覺到劇痛，他已被蕉蕉在胸口重重打上一掌，耳朵嗡嗡作響，身旁傳來箕子的叫喊。

箕子急忙低身去扶按著心口跪倒的胡理：「阿理，你沒事吧？」

「沒事，我常做小袖的沙包，這點攻擊……嗚噁——！」胡理大口嘔出鮮血，全身虛脫無力，似乎不是一般的暴力傷害。

「阿理，你別死啊，阿理！」箕子檢查胡理胸前，是敕勒術的法印。「妳是焦氏門人？」

「小子，你也是道門中人？」蕉蕉眉毛一挑，把她的警證轉了半圈，現出姓名欄，印著「焦嬌」兩個同音字。「別想用美少年的外表媚惑人，現出你的原形吧，狐妖！」

箕子大叫：「他本來就是美少年！」

蕉蕉等了又等，以往她用這招先祖專門對付狐輩的法術去處理偶爾犯事的狼人、狗妖貓怪什麼的都很順利，沒道理正牌狐狸精只是從大口吐血變成躺在別人懷裡嘔血絲的羅曼史女主角，還用飽含水霧的眸子愀然瞅向她，想要激起她欺壓小美男的罪惡感。

「既然妳也是修道者，就不在我師父罰禁三個月的對象中了。」箕子用紙卡切斷和胡理相扣的手銬，起身對女警術士雙手結印。「小姐，上天有好生之德，眾生齊等，妳這樣不明不白迫害一隻素來溫良恭讓的狐狸精，實在有失公允。」

「不過是名嫖客，大義凜然什麼勁？」蕉蕉哼斥一聲，併攏食指、中指，在半空繪出和箕子相抗的法咒。

「我不是嫖客，我是陪嫖！」箕子再三聲明。他只是熱心帶朋友尋花問柳，卻遇上女警兼捉狐道士……回頭看向胡理，果然怨氣十分濃烈。

「公會，焦家！小道，報上你的師門！」蕉蕉比箕子早一步完成法陣，踮腳舉高右臂，當她揮手而下就是法術發動的時刻。

報出師門是修道士鬥法前的規矩，箕子卻無法開口。

「那就是邪門歪道了！」蕉蕉決定連這名瘦高且相貌平庸的少年也一起劈。「天雷震震，妖魔破散！」

「阿理，到我身後！」第一道電光落在箕子面前，空氣中的靜電激掀箕子的白色風衣，他閉眸又張，右足重重踏下土地：「吾爲天地之乩祈，受身眾神之血肉，得請后土庇佑！」

箕子四周的石板以他爲中心突起彎折成花苞狀，包覆著兩人肉身，把落下的十數道雷電引至地面這塊絕大的蓄電池。

召來天雷幾乎耗光蕉蕉的體力，小道士卻依然毫髮未傷，緊緊護住至今還未變回原形的狐狸精。

「你能驅使自然的高級指令，照規定必須向公會登記身分。」蕉蕉嚴厲質問，箕子展現出來的能力讓她更不能放過他們。「老實說，你的師門是誰？你們眞正的目的爲何？」

箕子被逼得急躁，回頭再看幾乎昏死的胡理，更是不知所措。

「阿理，其實我很厲害，眞的，只是不能再和她糾纏下去了。」箕子不能讓教導他道術和做人道理的恩師暴露行蹤，可他沒能擊退敵人，等於自己沒有保護好朋友。

「我明白……」胡理虛弱應道。

得了胡理諒解，箕子毫不戀戰扔下黑色紙卡，在蕉蕉和他們之間興起一陣黑色濃煙，等煙霧散去，兩名少年已不見蹤影。

蕉蕉神色肅穆，那隻狐妖潛藏的力量極大，又有不明妖道相助，可疑得要命，但他們發怔的蠢樣卻相當眞實，好像眞的只是兩個誤嫖女警的高中男生。

「給我記著，下次一定要逮捕你們！」蕉蕉吹開散落眼前的髮絲。

第五章 變身

胡理自青丘歸來之後，因為日有所思，讓他得以在夢中再見宗主。

明知自己決定為人當下，就再也沒有見她的資格，他還是仗著年紀小無恥耍賴；也因他身上連著宗主一條血肉，被他的意念煩不勝煩，雪白大狐還是來到夢中的雲端，冷眼俯瞰著他，即便他往天頂伸長手，也搆不著她半分。

第二次夢見，他就學乖了，四肢伏地，一句人話也不說，就這樣默默爬上大狐所在的白玉臺，安靜偎在她身邊。

如此三次、五次後，大狐發出嘆息，狐身化作白髮美人，用人形的長指撫摸他腦袋。不需其他人來怨他忘恩負義，胡理也明白老宗婆有多疼愛他這個沒心肝的異類。

等長大之後，他對入夢已經習以為常，還把醒時沒讀完的書帶進去唸，算是另類的睡眠學習法。

他在父母面前總想表現出最好的一面，尤其要讓過去受盡委屈的母親感到驕傲，把規矩倒背如流。但在夢中，他可以枕在宗主的大腿上，嘴巴含著宗主剝給他的葡萄，口齒不清地說起學校的事，不用擔心外人的目光。

人壽短，妖命長，他以爲自己可以永遠坐享這份榮寵，直到前些日子，她冷淡地說：「你以後不要再來了。」

他直覺認爲老宗婆不要他了，因爲他越長越大，和眞正的人越來越像。

「哭什麼？不關你的事，只是我快死了。」

胡理無法接受，寧願這是宗主大人討厭他的藉口。他沒有爺爺奶奶、外婆早死、外公待他狠絕，只有老宗婆。

「一堆鳥事，從紈褲和奸小之中選個毛？還要閉宮對繼承者交代後事，沒空理你這隻呆崽，你也該和族內劃清界線。」宗主難得叨叨抱怨，不像平時都用單詞解決對話，而那雙孤高的眸子始終緊閉著，不去看他。

「有什麼是我能做的？」胡理呆怔問著。

「你還能做什麼？」宗主尖銳反問。

他這些年來佔著她所有柔情，結果什麼也回報不了嗎？

「老宗婆，我不是您最疼愛的狐崽子嗎？」胡理強勾起笑，宗主瞇起冷冽美目，警告他別說傻話。「我後悔了，把您的位子給我吧？」

任憑大狐聰明蓋世，也沒料到她琢磨許久的道別會讓胡理失心瘋至此。

「太遲了，現在的你又憑什麼？」

胡理在夢中跪了一晚，任憑宗主怎麼訓斥都不走，耗盡她最後一分憐惜，終在候選名單添上他的名字。

外傳是宗主老來昏聵才選上胡家長子，但胡理清楚明白，那本該是屬於他的東西。誰教他輕賤狐主之位之後才想回頭要，徒增她眼中的憂慮。

老宗婆，請您一定要等我，我一定會來到您身邊……

♛

胡理幽幽醒來，發現不是身處於他乾淨整潔的房間，而是箕子背上。他想起今晚一連串衰事，出師不利，無功而逃，該殺軍師以儆效尤。

箕子感覺到身後動靜，慢下腳步，著急問道：「阿理，你身體好燙，還好嗎？」

「箕子，我做鬼～也不會放過你～」胡理含恨往他右耳吹氣，箕子著實打了記冷顫。

「啊啊，我都說過上百句對不起了！」

胡理在箕子肩頭乾嘔好幾聲，強烈的不適感幾乎讓自己以爲眞要死去，好不容易才緩過氣，身後卻發出衣料撕裂的聲音。

箕子想帶胡理到最近的醫院，卻被揪住頭髮制止，他偏過頭，只見胡理那雙眼泛起妖異的綠光，斷斷續續將字句擠出喉嚨。

「找個……隱蔽的地方……快……」

箕子不敢再廢話，全力奔跑著。胡理努力遮掩身上的異變，躲避街道遍布的監視器。十來分鐘過去，箕子已大汗淋漓，站在昏暗巷弄的第四間老樓房，氣喘吁吁掏出鑰匙。

「太好了，嬸婆不在。」

胡理恍惚聽見鐵門扣上的清響，然後箕子和他跌坐在大門內，一時半刻，兩人都沒辦法移動任一根手指。

滿室熏香，狹長的屋內只有神壇上兩盞紅燭光。胡家一窩妖怪，不拜神也不祭祖，胡理只在向街坊拜年的時候見過這種擺飾，有的神像慈眉善目，有的則是正氣凜然，但箕子家的都不是，那位受供奉的紅衣娘子直朝他張開血盆大口。

箕子先捂住胡理的眼，把他按下頭，又往神壇爬去，恭敬三叩首。

「紅姑娘娘，這是阿理，我和人一向沒什麼緣分，才會交個妖怪朋友，請手下留情。嬸婆回來也先幫我保密，謝謝了。」

見紅衣娘子又回復畫中翩然仙姿，箕子才鬆口氣，回頭扶著胡理上二樓，把額前不停冒汗的胡理放到房間的行軍床上。

「阿理，我去倒茶過來。」

胡理等箕子走遠，強撐起身子，把緊綳的長褲連同內褲一起拉下，腰下除了一雙人類的腿，還有一條白毛尾巴。

他把屁股那條大毛尾巴攬到身前，毛悶得濕黏一片，幾乎蔫了。

「原來是白的……」胡理拉了拉尾梢那撮不合群的紫毛，原來母親說的沒錯，要不要拔幾根給她作紀念？

「匡啷」，水杯翻倒在地，茶水濺滿一地，箕子目瞪口呆看著床上那隻對他皺眉的公妖精。

胡理下意識抱住大毛尾巴，白皙修長的腿在床上赤裸著，腿間的私處若隱若現。

修行中的小道士對上半成形的狐狸精，最終以小道士爆鼻血昏倒作結。

十分鐘後，胡理屈膝抱著長腿，與鼻尖塞著衛生紙捲的箕子並肩坐在床緣。

「你不會告訴小袖吧？」

「不會，我也不會讓我妹跟一個變態在一起。」

「嗚嗚，明明是你勾引人家……」

「箕子，我這樣該怎麼回家？」胡理晃晃恢復蓬鬆模樣的毛尾，都是它害他和變態共處一室還不能穿上褲子。

「你看能不能把它綁在某隻腿上，還是用膠帶固定在背後。」箕子伸手摸摸，手感相當柔順舒適，令人愛不釋手，是被胡理瞪到不得已才放開手。「阿理，不得不說，這尾巴長得可眞好。」

胡理自我品評一番：「我也這麼覺得。」身爲一名毛團愛好者，不管是毛色、毛量和形狀，都甚得他歡心。

箕子找來一捲塑膠紅繩，打算嘗試上述方法可不可行。

「阿理，痛要叫喔！」箕子用力把尾巴和右腿綑在一起，打上蝴蝶結。

胡理只悶哼兩聲，好不容易捱過痛處，以爲成了，起身走個兩步，卻完全沒辦法保持平衡，跌個滿頭包。

「箕子——！」胡理維持趴姿，咬牙轉過頭來。

箕子只好戰戰兢兢扶回胡大少爺，解開蝴蝶結，不僅白做工，白淨的腿上還被勒得留下一圈圈瘀青痕跡。

「對不起，我沒想到你這麼細皮嫩肉，要不要再試試背上？」

胡理天人交戰，他眞的好想殺掉箕子，可惜不是時候。

箕子感覺到胡理的殺氣，動手前再次估算可行性。想到兩個高中男生一個半裸一個拿繩索已經夠糟了，要是往背上動刀，就變成一個全裸一個在他背後淫笑拉緊紅繩。他師父有視人記憶的神通，要是被窺見這段，絕對會被逐出師門。

「你全身也只化出毛尾，可能是被敕勒術衝開部分封印，可能過一段時間就會變回來。」箕子決定放棄。

「很好，我喜歡這個推斷。那麼雞蛋子大師，一段時間是多久？」

胡理不太開玩笑，除非是他開心或生氣的時候，箕子斷言，現在的胡理因爲他的胡搞瞎搞吃上那麼多苦頭，一定非常、非常生氣。

「我不知道，我去問師父。」箕子低著頭離開。

箕子走後，胡理抬頭望著水漬斑斑的天花板，又看向房間簡陋的擺設，不少東西是他爸買新的給他，他再把舊物轉送給箕子。書桌上都是古籍和畫滿符術的回收紙張，還有一只相框。

那是國中畢業那年暑假，媽媽帶他們三個小孩去旅行，雞排攤老闆因爲盲腸炎在家休息。那時小袖臉上雀斑還在，他和箕子也還沒抽高，一起朝鏡頭燦爛喊：「雞！」十分青澀。

箕子總說那是他這輩子最幸福的時光，眞想用胡家二兒子的身分生活下去。

胡理拍拍尾巴，告訴自己清醒點，同情是一回事，該揍白目的時候絕不可心軟。

箕子回來了，哭喪著臉說他聯絡不上師父。

「算了。」胡理的脾氣也耗光了。

漫漫長夜，胡理提議來唸書，箕子笑稱他都把課本放在學校，於是被胡理揍；想看電視卻沒有電視機，也沒有任何音樂播放器，讓胡理深切體會到箕子的物質生活有多貧乏。

「對了，我前天在回收子車翻到壞掉的收音機。」

「然後呢？」

箕子遞給胡理一個像音響喇叭、不知是幾零年代出廠的磚型古物，和一把螺絲起子，希望他能妙手回春。

「阿理，你不是想當醫生嗎？來來，電器大夫！」

「先修好你的腦袋比較重要！」

華中街以前有個專門修繕收音機和隨身聽的老人家，在騎樓擺個小小的攤子，胡理小時候沒少受他關照，喪禮也替無子的老人捧斗。

興許老人在天上保佑，古董收音機就這樣被他救回老命，繼續殘喘於世。

他們半躺著聽歌，生出幾分睡意，箕子突然想到：「阿理，你要是整個變回原形，我就可以抱著你睡了！」

胡理：「去死吧！」三連發。

「不過你房間眞的有點冷。」

「呃，應該說是陰氣吧？」箕子乾笑兩聲過去，「我嬸婆是尪姨，專門養小鬼，你看到什麼罐子罈子都別打開吶！」

胡理早知道箕子嬸婆是特種人士，當初就不該和箕子一起下跪求她當箕子的監護人，看來也沒怎麼在照顧他。

「你別誤會，嬸婆對我很不錯了，只是她性子比較冷，不像你是外冷內熱。」箕子左右十指反覆扣放，苦澀說起家裡事。「她說我和鬼魅無緣，沒辦法教導上古神巫的我，所以不辭辛勞爲我找了高人拜師，這已經是莫大的恩情。」

「箕子，你以前不是最怕自己和別人不一樣？爲什麼要踏進那個世界？」那裡胡理不夠了解，無法不擔心。

「阿理，我們認識三年，我還是不敢承認我有陰陽眼，那種不斷否定自己的感覺實在太痛苦了。」箕子縮著手腳，聲音很微弱。

胡理就是明白，才怕他被有心人士欺騙，迷惘的時候不管誰伸手過來，都會不顧一切緊抓著，哪管會不會被帶往深淵。

「你別多想，我師父眞心把我當自己孩子對待。他很厲害，什麼都會，教我很多道理。」說起喜歡的人，箕子又振作起來。

胡理必須承認，比起三年前給親生父母「養著」的箕子，現在的箕子變得自信開朗，雖然白目程度也與日俱增。

「像我師父除了道術，還會高中課程。他耐心教我一整晚數學，不但不生氣還溫柔地說：『唉，小雞，你沒救了。』對我眞的好好。」箕子沉浸在美好的師徒之情中。

「你都被放棄了還沾沾自喜？」

箕子半閉上眼：「你家人也對我好好，小袖總是送來我最愛吃的炸九層塔。」

「因爲我媽叫她帶給你的鹽酥雞和配菜全被她在路上吃掉了，你只是個撿剩菜的，醒醒吧！」

「阿理，我以後會大富大貴，對我好的人，我都記得……」

胡理拉好箕子身上的被子，箕子眼皮都闔上了，還露出噁心的幸福笑容。

「跟你說，已經有人預約我去當他們的國師，嘿嘿，就是前些日子宣布參選大總統的申家……」

胡理全身僵直，比起房裡的陰氣，聽見那個家族的名號更讓他打從骨子底發寒。

他腳邊突然一空，毛尾消失無蹤，因爲那是異類的象徵，不容許存在世上。

胡理想把箕子叫醒，詢問申家的事，可才伸出手，入睡的箕子無意識呼喚：「爸爸……媽媽……」

胡理收回手，他沒有資格干涉箕子的人生，阻止箕子努力得來的發達之路。

申家迷信得近乎偏執，把仙士當神在拜，保證箕子下半生衣食無虞，不再是被父母拋棄的窮苦孤子。

胡理把衣物穿戴好，他打開床頭放零錢的餅乾盒，把三千塊全數放入。

♛

胡理回家的時候，雞排攤正在收攤，胡老闆戴著皮手套，低身刷洗十來個鐵盤。

「爸爸，肉粽伯找你過去。」

胡老闆哼哼起身，擺出幹架的姿態去找鄰里，結果在那邊只嗑了兩粒花生，又大搖大擺回來。

「臭小子，你竟然騙我，根本沒事！」

胡理正好洗完最後一個盤子，裝作沒聽見。

「老子才不會誇你。」胡老闆關上外邊鐵門。

「我也不需要。爸，今天生意好不好？」

「你以為你很重要嗎？你媽出來站台，和你爸打得可火熱。袖袖也難得來幫忙，但只會偷吃客人的料，應該把她鎖起來才對。」

「可是媽媽膝蓋不好，不能久站……我下次不會出去那麼久了。」

「理崽，我跟你媽討論過，你以後就別出來拋頭露面，去忙你的事，別讓人家說我兒子命苦。」

胡理悶著頭把鐵盤掛好晾乾，胡老闆在他身後攬胸等他回答，他回頭卻往父親全力撞上去，撞得兩人都眼冒金星。

「做什麼?臭小子!」

「明明一點也不辛苦，自以爲是的老狐狸!」

說完，胡理就滿腹委屈跑回自己房間，剩胡老闆氣呼呼站在廚房。

「都幾歲了，一天不撒嬌是會死嗎!」

胡理今晚又入了夢，夢中雪白巨大的九尾狐和他這隻少年狐，兩相對峙。

「想採補還得用嫖的，狐族之恥!你處一輩子吧你!」

被爪子巴頭，他嗷嗷哀叫。

等大狐比較不生氣一點，他才偷偷靠過去，大狐原本半闔的金眸睜開一些，看他想要什麼把戲。

老宗婆，瞧!他轉過身，把末梢帶紫的白尾展現在大狐面前，不住得意，他也算隻成狐了!

像是冰山雕成的大狐似乎忍不住笑了。

大狐作勢咬住他的後頸，他四爪伏地求饒，不一會又被大狐叼在腳邊，細細舔拭他的身子，潤濕他的白毛。

——老宗婆沒有孩子，不要怕寂寞，小理子做您的崽子。

夢醒的胡理看著擱在床頭兩隻光滑的手臂，明明是相處十多年的肢體，熟悉不過，卻突然覺得好陌生。

第六章　秦大少爺

隔天早餐胡理叫了四個荷包蛋，箕子大師由四之數研判他心情不好。

「我沒事。話說回來，你還有臉來我面前？」胡理不慎把蛋黃戳破，蛋汁濺到白色襯衫，整個人籠罩在低氣壓中。

「我也想以死謝罪，不過至少要活著看你有沒有成功變成一隻大妖怪！」箕子對老闆娘帥氣打記響指，請她再煎一個荷包蛋和蔬菜煎餅。

胡理陷進絕望的深淵，箕子勸他蛋汁用香皂就洗得掉。胡理嘆口大氣，明明認識這麼多年，兩人的思路還是常常對不上頻。

「阿理，馬有失蹄，別灰心，我還有其他小姐的名片。」

「箕子，跟我去一趟廁所。」胡理眼也不抬，大拇指往後一比。

半分鐘後，廁所響起箕子的慘叫，完成胡理昨晚未竟的遺憾。

兩人回座，箕子吃痛嚼著煎餅，胡理繼續戳破第五個荷包蛋，沉默在他們之間遊移，箕子本來打算以關於蛋的黃色笑話破冰，胡理卻先開口。

「箕子，還有別的方法嗎？」

箕子有點想笑，但笑出來大概會被揍第二次。他師父見過許多人類的帝王，大多是自以爲明君的庸君，立志要天下大治，但改革失敗幾次，弄得民怨四起，便說盡了全力，回頭沉溺在美人堆中。

所以千萬不要相信當權者的漂亮話，不要做他們推諉責任的炮灰，想辦法從他們肥得發亮的油水中撈一筆才是身爲「國師」應盡的工作。

但箕子回望胡理那雙認眞無比的清澄眼珠，或許哪天他能告訴師父，總是有例外嘛。

「阿理，你們有內丹這種東西嗎？」

「我就是我爸拿那顆丹換來的子息。」

箕子不住唏噓：「難怪你們父子感情那麼好，心肝寶貝啊！」

胡理打死不承認他和雞排攤老闆之間能有什麼，今天出門前還跟他爸冷戰，只跟母親說再見。

「你們前任宗主爲了與外來的大妖一搏，勒令國內的狐上繳丹珠，像類固醇禁藥一樣吃下去，力拚而死。也就是說，別人的丹可以吞，而且吞了會變強這點有其憑據。」

胡理只聽老宗婆提過一次前朝舊史，箕子卻能侃侃而談。

「你爲什麼知道青丘的事？人世不可能有記載。」

「可能有狐狸和我師父結交，喝酒聊天說出來的吧？」箕子比了比彼此，「阿理，你或許能和認識的狐友商量看看。」

胡理只想到小時候那群毛茸茸的同伴，也不知道他們還記不記得自己。

「這個不行，我是要當王的狐，不能動自己子民。」

「我師父說只有強者有資格談正義，你只想著不要傷害到別人，卻忘了誰都可以來傷害你。」

胡理垂下睫，不應聲。他不用說話就能讓人覺得，使他傷心難過該遭天打雷劈。

「阿理，你們狐所謂的強悍是什麼？既然前任宗主掛掉的時候，所有狐妖的功力全部歸零了，那麼他們擇王的條件就不單單限於力量。」

胡理再抬起頭，那種黑暗中摸索至一絲曙光的神情，著實讓箕子挺起胸膛，不枉費他向師父假哭撒嬌換來這點提示。

「箕子，這不像你會說的話。」

「阿理，別計較那麼多了，就當你包養我這個月的恩情。」箕子想到早上從零錢盒摸索早餐零錢時摸到的三千塊鈔票，一直以來，胡大少爺待他就像自家兄弟，他卻保留一大塊餘地，狗啃的良心總是過意不去。

「誰要包養你？照照鏡子，少噁心了。」胡理一邊數落著，一邊拎過腳邊黑色的可樂包。「我把用不到的東西清出來，這些你拿去。」

箕子打開塞得變形的提袋，拿起近全新的隨身聽、吊牌還在的四角褲，還有小雞睡衣和運動鞋，零零總總讓他懷疑一向身無長物的胡理把自己房間放眼所及的物品全塞進了包裡。

「阿理，你太誇張了。」箕子乾笑兩聲。

「你看起來隨便，卻是個好強的人，就算餓死也不肯來我家吃頓飯。」胡理低聲訓斥，箕子就像胡家流落在外的二兒子，害雞排攤夫人老放不下心。「我說過，我有一份，你也有一份。」

箕子就想，這世上怎麼會有人對他這麼好，原來是妖怪來著。

「謝謝，我好喜歡這件T恤。」箕子特別挑出其中一件白上衣，正面印著「LOVE！小袖！」的字樣，全力對胡理的品味稱讚一番。

「啊，那個不是，還給我。」胡理面不改色地收回他私下訂做的啦啦隊服。「我今天要幫我妹的比賽加油，下午已經請好假了。」

胡理國中曾經打籃球骨折也要撐到放學才肯去醫院掛號，有「全勤王子」之美稱，但爲了可愛的小妹，一切虛名皆可拋。箕子比較一下他和胡理的外表、人品和發展潛力，沉重表示：

「阿理哥哥，你說不定是我人生中最大的勁敵。」

胡理才坐上運動場觀眾席，胡袖就像嗅到肉骨的餓犬，從場上飛奔過來。

「哥、哥！」胡袖踮腳圈著胡理脖子，胡理上半身都被拖出圍欄外。

「有吃飽嗎？」胡理摸摸胡袖綁起馬尾的腦袋瓜。

「有，教練請我吃了很多肉！」

「那就沒問題了。」胡理微笑一下，以示鼓勵。

胡袖開心得漾起蘋果臉蛋，蹦蹦跳回參賽隊伍。

胡理預備好相機，今天胡袖是四百公尺跨欄項目的熱門選手，邊跑邊跳對她來說比一直跑適合得多，才一年級就拿下代表名額。小袖被教練欽點的當天，他們母親特別烤了一隻全雞獎賞優秀的女兒。

胡理鏡頭專注對著正在暖身、預備上場的胡袖選手，連排的長椅猛然一震，差點震落他手中的相機，不禁看向重重坐在他身旁的不速之客。

對方頂著一頭金髮，戴著墨鏡，一身名牌休閒服，特意把腳上全球限量的明星球鞋蹺到胡理面前。

胡理從壓得老低的帽簷打量這個來路不明的小混混，不禁蹙起眉頭。

金髮小子把鼻息用力噴向胡理，朝他拉下墨鏡，露出凶狠的眉眼：「你別囂張，我告訴你，那是我的女人！」

胡理明白了，又是一個誤認自己是胡袖男友的可憐人。

「我媽的相好可是黑社會老大！」金髮少年對胡理表明自己一點也不乾淨的出身。

「哦。」胡理默默把對方列入妹妹的交友黑名單。

「你再接近她，我就讓你死得不明不白！」

「哦。」可能對方看起來比他小個幾歲，胡理聽來有種小孩強要模仿大人要狠的滑稽感。

「我會讓你後悔出生在世界上，聽到沒有！」

「噓，比賽要開始了，安靜。」胡理看裁判舉槍，進入戒備狀態。

鳴槍，胡袖邁開步伐，金髮小子也停止叫囂，跟著激動站起身：「袖袖，加油！領先了！第一名！懶趴萬！」

胡理又差點被他害得摔下相機。

胡袖在競賽當下，就像換了一張皮似的，眼神銳利如勾。她說比賽和打仗一樣，沒有勝利以外的退路，終點總有一個等待她拯救的哥哥。胡理聽完忍不住回話：爲什麼是我？

胡袖到後頭有些乏力，卻更奮身往前衝刺。胡理有時會被小妹與平常懶散截然不同的好勝心震懾。

被雞男攻擊那天之後，她又舊話重提：我會保護你，這次，我一定能好好守住你，不會讓誰來傷害你了。

這讓胡理眞切感受到，中家帶來的陰影，不只殘留在他身上。

胡袖贏了，全場歡聲雷動。

胡袖又變成憨憨笑小袖，輪著給隊友拉臉揉腦袋，然後在司儀宣示中站上頒獎台。

她朝胡理舉起獎盃，胡理連拍三張照下來。

旁邊的金髮小子以爲胡袖示意的對象是他，急忙揮手回應，成功招來胡袖的注意，她也衝著他笑了下。

胡理看金毛小朋友幾乎飛躍起來的模樣，忍不住憐憫，不過這點同情很快就被當事人瓦解。

「哼哼，你看吧，她喜歡的人是我！」

一直強調不就代表其實沒那回事，才要口頭扭轉黑白？

「祝福你。」胡理從書包掏出一袋肉乾，等著餵食狐狸妹子，胡袖果然一下台就拔腿衝過來。

胡理扔出第一塊肉乾，胡袖凌空咬住，大口吞下；再扔，再接，彈無虛發。

胡理攤開雙手，示意肉沒了，胡袖卻依然兩眼火熱盯著他，就像看著餐桌上那隻雞。

「哥哥！」胡袖終究把觀眾席當跨欄跨過，胡理怎麼阻止都沒用。

「別蹭了，都是汗。」胡理懷疑狐妖成年之前，都會罹患不撒嬌就死掉的病。待他們兄妹抱著轉完一首華爾滋，胡理才注意到一旁的金髮小子已經僵直得像炸過頭的豆干。

眞相大白總是殘忍的，胡理光是想像有人下馬威下到心上人的兄長，那人應該恨不得把自己種回土裡，重回生態系的懷抱，永遠都不要再當人了。

「袖袖，我也來看妳比賽，有爲妳加油……」金髮小子聲音好微弱，好像快要哭出來似的。

「我耳朵很好，我有聽到喔，謝謝！」胡袖笑燦如花，拯救金髮男離開羞恥的淵藪。

「懶趴萬！」

「懶趴萬！」金髮小子破涕爲笑。

胡理忍了又忍，還是出聲糾正他們詭異的英文發音。

「袖袖，妳等一下有空嗎？」金髮小子侷促地瞄了胡理一眼，和剛才的態度簡直天差地遠。

胡袖露出遺憾的可愛笑容：「抱歉，慶功宴有燒肉吃到飽，下次我們再一起去玩！」

「說好了？」金髮小子殷切拉起胡袖的手。

「說好了！」胡袖搖搖彼此的手爪子。

胡理不禁納悶這什麼純情的對話？

「阿麗，不如你送我哥回家吧？」胡袖想到一個兩全其美的好法子。

「不要！」金髮小子反應激烈。「妳又不是不知道我最討厭他了！他也一定討厭我！」

「你是秦麗？」胡理已經把競爭對手名字倒背下來，「阿麗、秦麗」，秦家代表。

別人家的孩子他管不著，不過既然是他的表兄弟，有些話胡理不得不說。

「年紀輕輕別染頭髮，你不要腎了嗎？」

「關你屁事！」秦麗推了下胡理胸口，隨即遭胡袖單拳卯下，讓胡理目睹墨鏡碎裂和人體翻轉九十度的動作片場景。

「阿麗，大家都是好兄弟，要相親相愛，不要動手動腳嘛！」胡袖歪了歪頭，打了之後才佯裝和平主義者。

胡理低身去扶，被對方氣憤拍開，看他還站得起來就知道胡袖有手下留情。

秦麗無愧狐狸精的名號，生得一張俊秀非凡的臉孔，只是就男孩子而言有些文弱，不適合逞凶耍狠。那雙裸露出來的紫晶鳳眼全力瞪向胡理，胡理不由得陷入悠遠的回憶。

那時候狐圈好像有隻紫眼小狐，跟他很親，總是跟前跟後，睡覺鑽到他懷裡蜷成一團金毛球。

胡理還記得每次吃飽，他帶一群毛球去散步，紫眼小狐就會昂起頭，走在他前面半步，不停嗷嗷叫著，好像在說：讓開讓開，阿理大哥要出巡了！

越看越像，胡理伸手摸摸對方那頭金毛，與記憶如出一轍的手感證實他內心的猜測。

秦麗反覆抓放衣襬，硬是從牙關擠出一句：「別碰我，你這個叛徒！」

胡理立刻收回手，秦麗扭頭跑開，快到出口前還回頭瞪他兩下，見沒人要挽留他，又氣呼呼跑走了。

「哥，阿麗就是那樣，是個白痴。」胡袖一臉柔情，「他人不壞，願打願挨，看著他就讓人覺得，哥一定能當上宗主。」

胡袖生得像母親純良和善，但內容物卻偏向雞排攤老闆，胡理眞替天下男子憂心。

「小袖，聽哥的話，別再玩弄少男心了。」

♛

胡袖跟著教練去吃肉，等胡理走出體育場，時值日暮黃昏。

體育場正門停著一輛顯眼的敞篷紫羅蘭跑車，車窗雨刷夾了七、八張紅單，少年車主卻大剌剌靠在內側車門，興高采烈講電話。

胡理依稀聽見少年嗤嗤笑著——這次一定要給他好看！

「站住！」

胡理聞聲回頭，秦麗收起手機。

「跟我去一個地方，走！」

「我眞是受寵若驚，但我還要幫忙家裡生意。」胡理暗暗比較著記憶中的小毛球和眼前的少年，不禁感慨物是人非。

秦麗快步向前，抓住胡理手腕，胡理輕手掙開，不料卻害得對方撲倒在地。

秦麗投以要胡理碎屍萬段的眼神，胡理感到很無辜。

就在胡、秦兩家競爭者展開幾乎沒有殺傷力的第一次交鋒，對街出現了穿著短裙的女警，圓潤的臉蛋掛著黑框眼鏡，似乎剛結束什麼宣傳活動，小朋友一個個朝她喊道：「警察姊姊再見！」她微笑揮手致意，溫柔恰到好處，宛如有生命的聖母像。

胡理不禁望去，看清女警的身影，心頭也跟著小朋友大喊：蕉蕉姊姊——！

冤家路窄、狹路相逢，胡理沒想到自己竟主動踩到敵人的轄區。

秦麗沒有遭遇抓嫖一事，不懂胡理爲何瞬間豎起寒毛，一點也不會看人臉色，自顧自吵鬧著。

胡理試著把秦麗按在車後，默唸「不要轉頭」十三遍，但蕉蕉還是像隻獵犬嗅中上等獵物那樣，恰恰回眸對上他驚恐的眼。

「啊哈！」女警笑得露出一對小虎牙。

蕉蕉愉悅穿過斑馬線，鞋跟踩著輕快的旋律，步步逼近可愛的小狐狸精倆。

「秦麗，你有辦法對付道士嗎？」

「當然。」秦麗揚揚得意，不把蕉蕉放在眼中。「叫媽媽來就好，我媽咪最厲害了。」

秦麗系出名門，其母可是宗主身邊最高階的女官，深受王的信任和族人擁戴。

可惜遠水（媽咪）救不了近火，胡理只得催促：「快上車！」

「哼哼，早叫你跟我走了！」秦麗理所當然跳上副駕駛座，胡理倒抽口氣。「是司機載我來的，不然你以爲我會開車嗎？」

胡理認命坐上駕駛座，才要發動引擎，敵軍卻已兵臨城下。

蕉蕉輕巧踩在車前引擎蓋上，胸前那條「模範警察」彩帶刺眼非常。

見她雙唇一張一闔，胡理依稀地辨識她的嘴型——狐皮大衣。

「你發什麼呆？快撞她啊！」秦麗在旁邊淨出一張嘴，不知死活。

「狐狸弟弟，不如我跟你玩個遊戲好了。」蕉蕉兩指併攏，直指天際，一邊調戲她的囊中獵物。「猜猜我幾歲了？」

胡理腦子不停運轉，表面上慎重打量起女警眼鏡下的娃娃臉。

「妳有男朋友嗎？」

「嗯哼？」

「如果有，妳幾百歲都與我無關。」

蕉蕉怔了怔，然後嬌笑起來，胡理就是要鬆懈她的心防。

「怎麼辦？我剛好沒有呢！」

胡理仰首看她，好像中了大獎，黑溜的眼亮了起來。

蕉蕉吐息有些紊亂，她不知道在哪本古書看過——世上最迷人的男子，眼底住著星星。

雖然這個目前還太嫩，還只是個呆呆的小孩子。

胡理猛地起身，兩手挽住蕉蕉後頸，嘴對嘴呼進自己的氣息，換得五秒迷魂暫停。

胡理抱起失神的女警輕放到路邊，然後迅速踩下油門。

蕉蕉不愧是道門高手，不一會便解除胡理蹩腳的迷幻術，以百米賽跑的架勢殺氣騰騰追去。

「你要親就親下去，玩弄大姊姊很有趣嗎！」

胡理以為避免肌膚之親是兩性尊重，卻不慎換來暴怒的女警。

「看招，雷霆萬鈞！」

電光大作的同時，胡理明白了老宗婆的訓誡，媚惑人類要慎選對象，太貞烈、太飢渴都不要，還有那種惱羞成怒後會拿菜刀拚命的高傲女子，萬萬碰不得。

太遲了，來不及了，還有他其實也沒眞的吃到。

「秦麗，你盡量壓低身子。」胡理拿出與母親ＰＫ電玩的集中力，把方向盤當遊戲把手，全神閃避襲來的雷電。

身旁沒有回應，胡理眼角瞥去，發現他的競爭對手竟然哭了！

「打雷好可怕，嗚嗚嗚……」

胡理忍了又忍，還是說：「乖乖，不怕不怕。」

大概是飽受驚嚇的關係，鄰座的少年在一個大響的雷鳴後變回金毛狐狸，縮在皮椅上瑟瑟發抖。

蕉蕉這記雷咒卯足全力，連劈十八道下來都沒停，胡理想要力挺到最後，卻還是被一團拚命擠到他大腿間的毛球分散注意。

「阿理哥哥……」

胡理無奈望了眼電光閃動的天空，就爲了這句稱呼，雷劈下來他得擋，天塌下來他也得扛。

第七章　夜市仔

胡理高速甩尾，千鈞一髮閃過距離不過半尺的霹靂電光，空氣中殘留的大量靜電讓他所有毛髮戰慄豎起，在如此危急的狀況下，腦中卻冒出雞排攤老闆毫無助益的恐怖故事。

——理崽，爸爸跟你說個狐狸被電焦的故事，那隻狐死前叫得像鬼在嚎哭，而你最喜歡的毛尾巴最後只剩一條炭肉，連肚子裡的小毛崽也死翹翹啦！小理崽死翹翹啦！

胡理心想，如果這就是人生最後一刻跑馬燈，他一定會死不瞑目。

他腿上的金毛狐狸用兩隻前爪拉下耳朵，標準鴕鳥心態，以爲聽不見雷聲就沒有雷公。

胡理見小狐實在抖得厲害，勉強空出一隻手去順那身養得豐美的毛皮，保證不會讓狐狸變成一條碳烤燒肉。

金毛狐狸抬起頭，偷偷覷著專注於路況的胡理，當電光再度亮起，又趕緊埋起腦袋。

胡理強行穿越過電光包圍網，以車子的四輪甩開女警的美腿。等胡理後照鏡再也看不見盛怒的蕉蕉，他們才終於逃過放電女警的勢力範圍。

胡理選了個隱蔽的巷尾，熟練停好別人家的跑車，正式宣布危機解除。

秦麗一確認生命安全得有剩，立刻變回十六來歲的青少年，光溜溜一片，倨傲跨坐在胡理膝上，好像自己才是無畏打雷又有駕駛執照的英雄。

「謝謝你的車。」胡理為了讓秦麗快點從大腿下來，毫不猶豫讓出苦勞。「把衣服穿上，天也暗了，打電話請你家的人過來。這裡就在夜市附近，應該不難找。」

胡理下車，走沒幾步路，後頭傳來緊追的腳步聲，他轉頭回望，秦麗立刻站著不動；他再往前走去，後頭的人又跟來，一停下，對方也跟著立正，讓胡理有種在玩一二三木頭人的錯覺。

「怎麼了？」胡理看著秦麗，忍不住想起自家小妹。

「你、你要去哪裡？」秦麗憋紅臉，才擠出這麼一句話。

胡理只是想，既然來了，就順路去看看好了。與狐族無關，是他自身的人際關係。

「我不是不願意和你相處，只是我們之間身分尷尬，在遴選前最好保持距離，不然有什麼萬一，就是兩個氏族的事了。」

「我就知道你討厭我！」秦麗吼完，一雙紫眸有水光在打轉。

「我沒有。」胡理自認只是面癱了點，對這個表兄弟還算友善。

「反正我也討厭你！」

「那真是太遺憾了。」胡理向秦公子欠了欠身，逕自走向燈火通明的夜間市集。

胡理聽見滋滋兩聲，好像是街燈燈管壽終正寢的聲響，巷子突然暗了一片，接著秦麗朝他衝了過來。

胡理不疾不徐地回頭：「你把車子發動，把燈打亮，就不會那麼暗了。」

「誰怕黑了！」秦麗大吼出聲，枉費胡理顧及他的顏面沒有明說，他卻自己詔告天下。「是你叫我別跟，我偏偏不要聽你的話！」

胡理有點頭疼，彼此既是親戚又是敵人，他一時估量不出最佳相處模式。

「如果你沒事，就跟我一道走吧？」

胡理本來以爲可以反向誘勸他留下，秦麗卻露出喜出望外的笑容，隨即又繃住臉，不屑哼了聲。

胡理忍了又忍，還是問：「你平常都和朋友去哪裡走踏？」

「人間沒幾隻狐，我哪有朋友！」秦麗振振有詞，總在不對的地方擺架子。

胡理克制不了自己往眼前少年投射當年小毛狐狸的情感，又想到他向胡袖百般示好的寂寞樣子，深深嘆口長息。

♛

夜市入口招牌是攤金桔檸檬，透明桶中裝滿清涼的冰飲，小姐也穿得很清涼。

「來喲、來喲！」少女甜膩喊著，上身只一件低胸小可愛，胸前溝渠大敞，任由來往客人大吃冰淇淋，直到胡理頂著和飲料桶一樣的冰塊臉站到攤子前，少女倒抽三口大氣。

天壽，理哥來了！

少女趕緊抽出收銀盒，扔下冷飲攤要逃，卻被胡理箭步逮住，手機也被沒收，完全無法通風報信。

「妳老闆叫妳賣的肉？」胡理質問，少女低頭搖搖。

「生意一好，馬上多了幾攤一樣的，我就黑肉底，又沒別人漂亮，想說露一點比較好招客……」

「媜媜，妳這樣，讓我很痛心。」胡理沉聲說道。

「理哥你不要每次都來這招，我知道我錯了嘛，拜託你不要難過！」少女備受煎熬。要知道他們華中幫一群死小孩，成長過程一路與父母翻桌而來，天地無懼，唯獨不敵從小看顧他們長大的雞排攤大哥。

當胡理正要訓話下去，一對中年夫妻上門光顧，瞬間轉變成服務業模式：「一杯三五，三杯一百，要加梅子嗎？」

夫妻倆本來想點個一杯解渴，卻不知不覺掏出百元鈔，媜媜在一旁辛勤裝杯。

「謝謝喲，再來喲！」胡理一鞠躬遞上飲料，微笑目送客人離開，但轉眼又是一板一眼的實踐派教育家。「大家家裡都是做生意的，妳也知道吃喝的成本是多少，賣肉得來的那些錢是進妳的口袋嗎？不過是個時薪一百五的工讀生，還沒有勞健保，竟然爲此出賣色相，不要說妳是華中街出來的子弟！」

「我知道錯了，會等薪水調到三百再露的！」媜媜雙目含淚，抽出面紙，大力擤了下鼻涕顯示改過的決心。

胡理從少女背後一把拉高小可愛的肩帶，確認衣料能遮起所有春光，才用他童軍的技能在少女頸後綁好紮實的花式蝴蝶結。

綁好結，胡理盯著鄰家妹子光溜溜的肩膀，還是不太滿意，媜媜怕胡理繼續囉嗦下去，想辦法轉移注意。

「理哥，你不是考生嗎？怎麼來了？」

因爲被女警追殺不是個上檯面的好原因，胡理選擇沉默。

見媜媜又看向在一尺外凶狠瞪著胡理的金髮小帥哥，胡理呼口氣說：「我表弟。」

「是那家人渣嗎？」媜媜警戒起來，華中街到現在還有條不成文的規矩，就是狗與申家人不准進入。

「是我爸的表親，叫秦麗。」胡理溫聲招來又莫名氣呼呼的秦公子。「阿麗，打聲招呼，她家爌肉飯很好吃喔！」

秦麗深仇大恨般喊道：「妳好！」

胡理在想，這個表弟是不是有點怕生？

媜媜被逗得咯咯笑，從冰桶舀了飲料給秦麗享用。秦麗趾高氣揚接過，背著兩人小口喝起來。

「眞好，我也好想當理哥的弟弟妹妹。」媜媜用欣羨的口氣嘆息。

「不就一直都是？你們和小袖就差在是不是我媽肚子蹦出來的崽。」

「嘿嘿，不一樣啦！」少女濃妝下的臉有些開心又有些遺憾，最後只是往胡理挺直的背三八拍了兩下。

告別飲料攤，胡理繼續巡狩大業。秦麗在他身後，三番兩次被人潮沖散，總是用快要哭出來的怒容追上來。胡理看這樣下去也不是辦法，伸出手來，秦麗天人交戰之後去拉他的錶帶。

「男孩子，乾脆一點。」胡理直接牽住表弟的手。

胡理經過小火鍋、麻辣豆腐、蚵仔煎，三攤的老闆都說小鬼們沒在做了，讓胡理眉頭快擠出一個川字，不由得加快腳步，卻在十元壽司小販前被秦麗拖住。

秦麗一路沒少嫌棄過夜市不衛生，要他吃這些餿水還不如讓他死，不停誇耀自家的五星級大廚，胡理也就不浪費口水問他餓不餓，現在人卻死盯著壽司攤。

「想吃什麼？」胡理拿了塑膠盒，抽起夾子。

秦麗把臉昂得老高：「這種便宜貨，我才不稀罕！」

胡理把夾子停在蝦子、花捲、貝類，最後移到角落的豆皮壽司，秦麗有反應了，拚命眨眼，他就把豆皮壽司挑一挑，再加上一個蛋的。

秦麗和胡袖一樣，得了什麼點心都一口吞，看他饜足的表情，胡理笑了下。

「好吃嗎？」

「還可以啦！」秦麗叉起第二個黑糯米口味，這次就很珍惜地小口享用。

秦麗吃了東西，有了力氣，自顧自跑跳到前頭，把夜市來往的人潮撥出一條可以安穩行走的通道。

「讓開讓開，狐狸大仙要出巡了！」

金髮少年和回憶中的金毛小狐重疊起來，胡理不禁失笑出聲。

胡理的好心情維持到在夜市盡頭看見新設的攤位。攤子掛著一面顯眼的白色旗幟，旗上畫著狐頭，寫著「狐狸鐵板燒」五個紅色大字，從三個掌廚的料理者到打包、送菜、洗碗的小工們，全是華中街的死小鬼。

「來坐、來坐！」眾人朝氣十足，全部員工低於十八歲，一整個青春洋溢。

秦麗不安問道：「該不會有鐵板狐肉吧？」

「那也要他們膽子夠大。」胡理調整好討債的臉色，走上前算帳。

負責收錢和打包的小慧最先發現胡理到來，扯開嗓門尖叫：「理哥來了——！」霎時間，一班忙得正火熱的漢子，蛋打進爐火裡、盛飯盛到嘴裡、碗盤散落一地，都是因為死期到了的關係。

「明益，這是怎麼回事？」胡理直接欽點長得最為高大的鐵板主廚。

主廚急中生智，一邊煎豬柳一邊喊道：「來人，給理哥備桌、上茶！理哥，請坐！」

服務生在爐子正後方併起兩張折疊桌，鋪上全新的綠色桌巾，端來的紙杯紅茶中還特別切了一片檸檬下去，散熱的風扇也轉往胡理身上。

服務生希珍緊張咳了兩聲，把菜單遞上去：「理哥，盡量點，大家請客！」

胡理冷淡打量著設計過的菜單：「開業多久了？」

「第三個禮拜。」希珍擠出最燦爛的服務業笑容。「醬燒雞腿排是我們的招牌，理哥要不要吃吃看？」

「這個攤子借了多少錢？」胡理無動於衷。

「不多！也不是高利貸！理哥請放心！」二廚阿襄轉身過來插話。

「你們也不是小孩子了，我就不多說。」胡理十指撐起下頷，擺出黑道老大談判的架勢，美目幽幽瞇起。「但是你們竟然完全沒找我商量，我想那句『大哥』也不用再叫了。」

「理哥，不要拋棄我們啊，理哥！」

果然生氣了啦，都是媜媜那個廢物，完全沒有盡到看門犬的責任。

洗碗小工一反眾人討好的聲浪，過來對胡理拍桌：「明明你才是叛徒，裝什麼老大！」

秦麗本來坐在別桌喝紅茶，聽到「叛徒」兩字，立刻豎耳來聽。

「嗚嗚，你怎麼可以去考醫學院，不賣雞排了？理哥是大笨蛋！」結果洗碗小工只是裝腔作勢兩句，以退爲進，趁機哭倒在胡理懷中。

「抱歉，鴻仔，我實在不想中風和高血壓變成家族遺傳疾病。」胡理勸慰兩聲。

正當眾人以爲動之以情計策成功了，又響起胡理平淡無波的嗓音。

「你們有找到靠勢的人嗎？」

「打點過了，我們租金比別人多付一倍。」

他們就算心虛，卻也隱隱期盼能得到胡理的褒獎。畢竟爲了這個人生第一個生意攤子，他們可是耗盡所有心血、自立自強，完全沒找家裡的大人幫襯。

可是沒有多大用處，胡理那張清俊的面容還是露出擔憂的神情。

「你們沒有在法理站得住腳的負責人，要拔掉這個小攤很容易。」

「不會啦，誰那麼無聊？」

胡理低聲回道：「我外公家。」

大伙安靜下來。

等生意沒那麼熱了，他們留一個人顧攤，其他人圍坐在胡理身旁。

「對不起，你之前還一直拜託我們的雇主多關照，我們卻沒聽你的話。」大伙心想，就算長得沒有胡家妹子可愛，只要在胡理面前努力展現出可憐兮兮的小模樣，他幾乎都會軟下心腸。

「我不知道還能看著你們到什麼時候。」胡理話一出口，好幾雙眼睛猛然瞪大。「你們每個小時候我都抱過，都認我作大哥，這是我的責任，卻沒照顧好你們，現在又要去外地……你們……」

「理哥，你就放心去讀書吧，我們不會再被騙了。」明益率先發聲擔保。

「我不是懷疑你們，只是不相信你們的智商。」

「理哥你好過分！」

華中幫的隱情攤開來，氣氛頓時明朗許多。每次有事，他們第一個想到的人就是胡家大哥，但最近怕擺攤的事被他發現，都不敢跟他太靠近，現在終於能吱吱喳喳講不停。

秦麗一個人坐在隔壁小桌上，華中幫沒有虧待理哥的表親，桌上有魚有蝦有肉，但他看胡理的目光又明顯敵視起來。胡理問他話，他也故意不理會，悶頭講電話，不停抱怨胡理對他有多無禮。

希珍小妹哎呀一聲：「對了，理哥，還要請你幫我們跟箕子大哥道謝。」

「爲什麼？還有不准用這麼尊敬的口氣叫他，會跟著降低水準。」

「陰七月不是才過不久？有次我們收攤要回華中，路上被奇怪的影子追。小慧妳說是不是？」

「對啊，超可怕的！都是阿裏亂講話，一直說：『世上沒有鬼，有鬼來找我啊！』以爲我們人多就不會出事，結果就害我們整團中鏢！」

當時一行人被逼到大水溝旁，無路可退，答答兩記腳步聲，一名穿著海中水手制服的男孩子踩著皮鞋，橫在鬼影和未成年小鬼頭之間。

箕子撐著睡眠不足的雙眼，向鬼影打個揖：「童言無忌嘛，箕某就代小子們向您道歉。他們都是人家父母的寶貝，請高抬貴手。」

鬼影似有不甘，箕子抽出紅色紙卡，在手中化作烈焰。

「好話不說第二遍，再過來，燒了你！」

鬼影消散，沁骨的陰風也跟著停下，箕子拍掉手上的火，有些不好意思地承受後輩們的歡呼，舉起兩指，向他們耍帥揮別。

「別告訴阿理吶，還有下次小心點喔，親愛的小寶貝們！」

眾人口述至此，不禁心生嚮往。

「箕子哥眞是男大十八變！」

胡理不覺得這個故事哪裡値得崇拜，想到他竟然是最晚知道箕子在那圈子打轉的人就不是很高興。

「唉，理哥，我們欠雞哥一條命欸！」

「哦，這種不想親身償還又不願被人說忘恩負義的口氣是？」

「你幫幫我們嘛！最喜歡理哥哥了！」

「裝什麼可愛？」

他們曾誠心問過箕子想要什麼東西，箕子溫和笑道：修道之人，無欲無求，我對世間浮華的眷戀，大概就剩美腿了吧？

所以說，箕子根本就是個變態，奈何小鬼頭不懂這個顯而易見的答案，還斗膽盯著胡理修長筆直的雙腿。

胡理嘆息：「眞的把你們慣壞了。」說完便是一頓揍。

華中幫用皮肉痛體認到，不可以拿胡理哥哥開玩笑。

胡理認爲時間差不多，要動身回家，小子們還拉手拉腳，硬要十八相送才甘心。

「理哥，有空要多來看我們喔！」

胡理揮揮右手。

秦麗看來相當不滿，非常氣憤胡理扔他一個人在角落吃晚飯，就算胡理摸摸他的金毛安撫，他還是很生氣。

「可惡，你跟那些人類感情眞好！」

胡理只覺得秦麗身上檸檬味很重，耐著性子跟他解釋他們一起長大的事，有時候地緣能夠比拚血緣，不是他特別親近人類。

「誰教你要背叛我們，不然我們也會一起長大啊！你走之後，大家都笑我認一個叛徒作大哥，恨死你了！」

秦麗那雙泛紅的眼看得胡理喉頭酸澀，是他先放開手，是他有愧於他們。

「你們要是願意給我機會，我會慢慢彌補回來。我們畢竟是妖怪，比起人類，有很多時間。」

「誰要跟你好了！」秦麗提著一袋打包好的鐵板燒肉，氣憤地走向河堤。

「阿麗，那邊蚊子多，還有野狗出沒，危險，快回來。」胡理喚了兩聲，秦麗不理，只得跟上去。「你家裡人呢？」

「他們沒空，叫我自己回家，我不想回家。那個屋子只有媽咪和安可會跟我說話……我想快點回青丘去。」秦麗悶著臉，很不開心的樣子。「哥，你能不能陪我一會？」

胡理不太想在野狗盤據的河堤談心，聽他這麼喚著，不禁心軟答應下來。

「秦家代表本來應該是我姊姊，毛很漂亮，亮黃色的，不像我是雜黃色，可是她前年病死了。」秦麗低頭一直走，胡理一時說不出勸慰的話。「我媽咪很傷心，她把所有最好的都給姊姊，現在卻只能冀望我。每次她想教我什麼，我都學不好，害她又更傷心，我就什麼都不學了。」

「阿麗，不要跟秦媚阿姨耍性子，她很不容易。」

「奇怪，我又沒告訴你吵架的事。我跟媽咪說：『妳希望死掉的是我對不對！』把媽咪氣哭，我就是個壞種。」

秦麗以爲胡理會像秦家其他大狐罵他，胡理卻很認眞告訴他：「沒有人希望你死掉，不要這麼想。」

「是嗎？」秦麗怯怯反問。

「像我就很高興能見到你長大成人的樣子，這樣我們就有機會能再當兄弟了。」胡理不太會表達情感，但他還是努力試著解開秦麗的心結。

秦麗上前抱住胡理，胡理連退兩步，有些不好意思。

「我安可說過你這種人，叫僞君子，最噁心了。」秦麗在他胸口笑了起來。

胡理心頭一跳，隨即被秦麗全力推下堤岸。秦麗趁他還爬不起身，把那袋肉香四溢的伴手禮砸到胡理身上。

昏暗的河堤響起犬嚎。

「誰跟你兄弟！你就跟毛毛說的一樣，是個大白痴！」秦麗常聽母親誇讚胡理聰明，今日一見也沒什麼，尤其看他摔斷腿、笨拙站起來的可憐模樣，就跟普通人一樣好笑。

胡理全身都在發抖。

秦麗大聲嚷嚷：「快把你爸那顆五百年內丹交出來，我就饒你一命！」

原來如此，秦麗的目的就像他外公聽信術士妖言，認爲他是狐妖內丹化成的肉身，只要吃了他，就能長保青春。

胡理實在不願意去想，他兩邊的親人，都是一樣的。

嗅到食物氣味的野狗開始聚集過來，當牠們對胡理吠叫，胡理完全無法思考。

秦麗還在河堤嘲弄：「你快點求我啊！」

胡理不禁聯想起小時候那段黑暗的記憶，母家的表兄弟見他被關在倉庫裡，特別帶家裡的狼犬來招呼他。他嚇得只會哭叫爸爸，可是爸爸沒有來救他，他們說那個男人用他來換家裡妻女平安，不要他了，他被拋棄了。

胡理無法出聲，只是發出哮喘般的怪音。

「喂，你說話啊！」秦麗多少察覺到情況不對，可他也不知道胡理不屈服的時候，還有什麼對策。

第一隻狗撲了上去，第二隻狗也跟進，很快地，從堤上已看不見胡理，只有一群圍著肉塊大啖的野狗。

「喂、喂！你在幹嘛，不過就幾隻狗，快點趕走牠們！」秦麗沿著堤防滑下，扔出母親特別給他防身的珠玉，撞擊後發出爆炸煙火，很難傷人也不會傷己的小玩意，趕狗卻很有效。

野狗挾著尾巴逃跑，秦麗很得意，他這麼也算是和胡理扯平了。

當秦麗看到胡理鮮血淋漓倒在草地上，他才稍微感到今晚的計畫有點過火，胡袖知道了可能又會痛打他出氣。

「還不把內丹交出來？」秦麗踢了胡理一腳，見對方抱頭的手臂垂了下來，連臉上也都是血。

秦麗不禁有些膽怯，還記得母親說過，照族內規矩，絕不能傷狐精人身的顏面，這是大忌，對方會永遠記得害自己破相的凶手。

堤防上有人尖叫，接著傳來救護車的鳴笛。救護人員把奄奄一息的胡理抬上擔架，秦麗始終呆站在一旁。

「等一下……」胡理勉強開口，牽動右臉的傷處。「把我弟一起載去，就那個金毛的，省得他被狗吃了……」

秦麗怔怔被帶上救護車，見胡理緊閉的雙眼不停滲出血，終於發現自己犯了大錯，放聲大哭，吵得救護人員得分神安慰他：「你哥還死不了，只是右眼可能會失明。」

秦麗聽了，更是哭得昏天暗地。

「怎麼辦……我哥會不會死掉？」

胡理忍了又忍，還是想，算了。

第八章　毛氏小狐

被推進急診室時，胡理強撐最後一絲清明跟醫師商量。

「請不要麻醉，我對外科很有興趣……」

醫生口罩下罵了聲「幹」，大概是叫他這個小朋友別開玩笑。

「眼球破裂，穿刺傷。抗生素，止痛劑。」手術台忙碌起來。

胡理還在抵死掙扎：「我被活體解剖過，忍得住痛，請給我實習的機會……」

終究事與願違，胡理醒來的時候已經安然躺在白色病床上，麻醉效果還在，感覺不到痛楚。他摸著右臉的紗布，默默對人類醫學投以敬意。

胡理勉強坐起身，覆蓋腹部的暖巾隨之滾落。原來不是保暖毯，而是一隻毛狐狸。

見金毛狐還迷迷糊糊想爬回去他肚子窩著，胡理不得已用帶傷的左手把表弟從後頸拎起來。

金毛狐狸還敢對他嗷嗷兩聲恫嚇：老子睡得正爽，吵什麼吵！

金毛小狐和胡理對看一陣，終於驚醒。秦麗變回人身，兩手捲走床單，倨在床尾朝胡理咧開白牙，發出殺傷力零的叫囂。

死到臨頭還不知道要規避責任，如果秦麗眞要代表秦家參加遴選，那目前青丘最得勢的秦家離滅亡之日約莫不遠了。

胡理還眞是看不透這個表親，連同栽在他手上的自己。

「秦麗，和你合謀犯案的人是誰？」

金髮少年不安地眨動長睫。這麼快就被看破手腳，很沒面子。

「你把通聯記錄留好，記得跟宗主說清楚，主謀另有其人。」

「爲什麼要見那個老太婆？我就只想教訓你一下。你看，你的衣服都是血，我把自己衣服脫下來給你，是窮酸人穿不起的名牌貨。」秦麗赤腳下床拿來架上的衣物向胡理獻寶，胡理完好的左眼憂愁望著他，就像秦麗母親看他的樣子。

本來胡理沒有生氣，秦麗還鬆口氣，這表情卻讓他緊張起來。

「因爲我是胡姓，又是繼承人之一，宗主會爲我主持公道。」

秦麗聽得直蹦起身：「你要跟老太婆打小報告？你怎麼這麼卑鄙！」

麻藥有些退去，胡理感覺到身上的傷口隱隱抽痛起來。

病房門打開，走進數名妖嬈的女子，胡理看得面生，秦麗卻像含了苦瓜，憋屈地一個個喚著阿姨。

「阿麗，你一個大公子怎麼和那傢伙廝混在一塊？」其中挽髻的女子捧著長衫走來，溫柔地為秦麗換上新衣，無視胡理那身綁帶紗布。

另個鬈髮的女子捂嘴輕笑起來：「怎麼說也還是小孩子，碰傷也是常有的事，看阿麗也是嚇得不輕，不過藥錢還是讓我們擔了吧？」

說得多麼寬宏大量，胡理也不是第一次見到顛倒黑白的陣仗，幾乎可以背誦出她們接下來的說詞。

「要是鬧到宗主那邊可就不好了，竟然在遴選前就鬧出這麼大的笑話，你要我們怎麼放心讓一個血統不純的雜種擾亂族內安寧？」

女子們一同笑了起來，秦麗還在一旁傻傻地問：有什麼好笑？

胡理不得不正坐起身：「各位姨婆，如果妳們心裡還念著胡理是後輩，請說我是『混血』。我母親可是高貴的仕女，容不得他人誣衊。」

女子們彼此交換目光，推派代表走向病床，低身告誡胡理：「息事寧人吧，你就別給宗主添亂了，人家會相信秦家還是你們這對丟臉的父子？說不定還以為是你自導自演的苦情戲碼。」

女子看向胡理，只見他左眼冷然凝視著她，下意識往後退開半步，不敢再存有先發制人的得意心態。

她們沒等秦媚族長回來就趕來為秦家少主收拾善後，希望沒有做錯才是。

秦麗見胡理孤伶伶躺在病床上，想起他也只有一個被趕出狐族的爹，而自己母親可是宗主最倚重的親信，終於找回說話的底氣。

「跟他說那麼多幹嘛？雜種就是雜種！」

秦家女子們臉色微變，可是在兩個繼承者交手的時候，不能阻止秦麗，就算無理取鬧，架子也要端得比對方還高，不然他除了正統的出身，什麼都贏不過競爭對手。

胡理握緊拳，深深閉上僅剩的左眼。

「就算我殺了這個叛徒也是爲族裡爭口氣，是他活該！」

四周的秦家女紛紛贊同秦麗的話，秦麗越想越覺得自己沒錯，就等著胡理對他發火。可是胡理只是低著頭，沒有任何反應，右眼紗布靜靜滲出幾絲鮮紅。

秦麗想起那些博他同情的謊言，胡理當眞回覆：「沒有人希望失去你。」還說：「再一起當好兄弟。」他卻叫對方去死，難怪對方會生氣。

「喂，你說話啊！」

秦麗直到被帶進轎車，打包回府，胡理都沒有理他，好像他們之間從此完蛋了一樣。

更糟的事還在後頭，秦麗一回家，正要出門處理幫中分堂事務的安可叼著牙籤告訴他，母親在裡面等他，尾巴都氣得直豎起來。

秦麗戰戰兢兢去見總是忙得神龍不見尾，今晚卻特別在大廳等他回來的秦家大家長。

秦媚垂著及腰的柔順長髮，一襲明黃長裙，端坐在太師椅上，抿緊的朱唇顯示她瀕臨爆發邊緣。

秦媚瞪視同行的秦家女子，眾狐顫顫低下頭。

「傷得如何？」

秦麗以爲母親在關心他，直覺攤開雙手：「我手心破皮了。」

「誰問你了！」

秦麗被吼得就要掉下淚來：「都送他去醫院了，不然還想怎麼樣！」

女子們上前詳細報告胡理的狀況，傷勢不可謂不重，秦媚必須呑口茶才能繼續下去。

「阿麗！你怎麼這麼不懂事！爲什麼還在這種時候去招惹對方！」秦媚向來對外對內都沉得住氣，唯獨這個不長進的幼子，總是能挑戰她脾氣的極限。「誰教你這麼做？我不信你腦袋能想得出這般骯髒的手段！」

「毛毛就膽小鬼，當然我來動手！」秦麗還被奉承全世界只有他辦得到這件事。就結果論，除了沒搶到內丹，的確成功宰了胡理一回。

秦媚恨不得扒下兒子的皮毛。被人利用還愚昧無知，哪有半點王者的智略？她當初把秦麗推向風頭，只是不想讓狐族落入毛氏手中。毛氏喜愛鬥爭，貪權勢利如同人類，只有宗主勉強鎮得住他們。要是毛氏順利奪權，第一件事必定先排除異己，獨攬青丘日漸衰弱的資源。

秦麗一點也不打算明白責任所在，時限將至，還任性活在自己的世界。

「胡家長子要是死了，你有承擔仇恨的覺悟嗎？」

「他又沒死……」秦麗不滿咕噥。

胡姓雖然尚未表態，但要是宗族子弟就這麼死在秦家手上，不可能不生嫌隙，毛氏一舉數得。

「而且都是妳在罵我，他可是一個字也不敢說。」

「他忍下來了嗎？」秦媚疲憊不堪。當年宗主的胞弟被殺，宗主也忍下來了。

宗主之弟史載有「小將軍」之稱，憑著一身在人類戰場磨練來的引弓臂力，趕跑許多擅犯青丘的羽族大妖，是保護族人的英雄，卻被毛氏引來的人類亂箭射殺。

等宗主咬緊牙關登上大位，毛氏前來請罪，辯解他們也是不願意，都是宗主找了人類道士幫忙，他們才跟進帶人入青丘，才害死了她弟弟。

宗主爲了大局，再次忍下，與毛氏之間的心結卻也再無解開的可能。自此，一千年來，毛氏的後人都不敢在宗主面前抬首。

「好啊你，既然敢仗勢欺人，那就不要被爬到頭上去！」秦媚氣得往扶手重重拍去。

「當然，我一定會當上宗主，到時候妳就會覺得生了我是件好事！」秦麗向母親堆滿討好的笑，秦媚卻懶得再看他一眼，無力撐起身子。

「族長，這麼晚了，您要去哪裡？」

「孩子做錯事，上門道歉。」秦媚抽起慣用的黑雨傘，與秦麗擦肩而過。「就算下跪磕頭，也要求得對方原諒，都是我教導不周。」

「母親！」秦麗急急喊道。

「阿麗，你眞的讓我很失望。」

秦麗走後，胡理失神盯著天花板，他們賭得沒錯，他不敢告狀。

宗主婆婆的力保，他才得以拿到進門的入場券，不能在進場前鬧出風波，不然秦麗只是支持度下降幾個百分比，他卻被踢出候選人行列，實在不划算。

爲了不讓損失擴大下去，最好的做法就是當一切都沒發生過。

就像當初外公吃了他半個肝，要是他當時勇敢揭露那個老頭子爲了長生不老拿自己外孫開刀，中家大概會醜聞纏身一陣子，但十年後仍然風光選總統，而他和爸媽妹妹則是被趕盡殺絕、逼上絕路，不知臭死在哪條巷子。

沒有什麼吞不下去的委屈，只是後悔自己太蠢，被喊兩聲哥哥就暈頭轉向，以爲惶然在兩邊徘徊的自己終於找到歸屬。

「表哥。」

胡理回神過來，不知道什麼時候，醫院綠色床簾後站了一個人，只看得見小腿以下，黑色長襪搭著一雙純白球鞋。

「你還記得我嗎？」

都過了十年，還要逼他玩「猜猜我是誰」，強人所難。

胡理猜道：「黑毛白爪子？」

簾後人影一動，微笑掀開布簾。

那是個雄雌莫辨的少年，長髮斜束在胸前，看似小秦麗兩歲，五官精緻得像陶瓷娃娃，白色襯衫打了個黑領結，黑色褲裙，穿搭很統一，笑容很可愛，看起來還算健康。

「如果不是遇到阿理表哥，絕沒有今日的我。」少年一臉感激，可胡理經過秦麗事件的洗禮，已能不動如山。「那時候，我還好小好小，都快病死了，你總是把食物留下來餵我，晚上圈著我入睡，讓我今天能夠活著站在這裡。」

胡理還記得他抱著病弱的小黑狐去找宮女，宮女搖搖頭，跟他說毛氏不會理會被淘汰的幼崽，宗主也不會費神去救毛家的孩子。

胡理無法，只能自力救濟照顧小狐狸，就像小袖剛出生那時候，媽媽說小寶寶可是很脆弱的，他用外套把小狐半掛在腹部，全天候看護。小黑狐吃的搶不過別的狐，胡理就把自己那一份弄成小塊，小心翼翼地餵食。

後來，小狐狸終於能自己下來走動，胡理趴在地上，揉揉小狐的小腦袋，套一句母親的話：大難不死，你以後一定會長成很棒的狐狸！

「我眞的不知道該怎麼謝你。」少年款款說道，胡理直望著他，沒見過同年的人類男孩能有如此深沉的眼神。「我能做的，也只是請你退出儲君的位子，這麼一來，我就保證不殺你。」

「毛嬙，是你指使秦麗動手？」

「不是。」毛嬙笑著否認。「狗也不是我引來的，我不知道你小時候被一群狼狗攻擊過，眞的不知道你畏犬。」

「隨便，想來你大概也沒留下把柄。」胡理不想繼續在這次傷害事件上打轉。「我不會退選，絕對不會。」

「太遺憾了，你再殘一隻眼就全瞎了。」毛嬙伸手撫摸胡理沒受到波及的左臉，嘴上噙著殘忍的笑意。

胡理不懂，遺憾的明明是他，怎料想得到他家族兩邊都有變態殺人魔的基因？

胡理拉下毛嬙冒犯的手，食指沾了沾口水，塗抹對方小手被蚊子叮咬的腫包。

「犯罪把風也要記得噴防蚊液，不然得登革熱怎麼辦？瘧疾也還沒有絕跡。」

「我當上宗主之後，要拿秦麗當踏腳墊。」毛嫱沒頭沒腦說道，胡理想像囂張的金毛狐狸被踩得呀呀痛叫，不置可否。「再迎娶小袖為后，讓她為我生孩子。」

胡理最無法理解表兄弟們的一件事，就是他們對妹妹的執著，這個年紀的孩子交女朋友只看外表，太過膚淺。

「而你這個失敗者只能伏跪在我腳邊，我會斬斷你的手腳，給你銬上鎖鍊，永遠囚禁在我身邊。」

秦麗的症頭已經不小，胡理又悲慘發現，另一個小表弟更是病態，可愛的小毛狐狸終究只存在於回憶中。

「對了，令尊有提過宗主為何突然病重衰弱？」

事關宗主婆婆，胡理不得不打起十二萬分精神來面對毛嫱話中的惡意。

「宗主對你可真好，想當初我都快死了，她連一眼都沒來看我，我母親也是，我姊妹也是，她們現在都只能趴著求我。」

胡理能感受毛嫱壓抑在內心深處的仇恨，由衷勸道：「宗主這個位子不是讓你報復的手段，你需要的也不是權位。」

「你真好心呀，誰像你生來就是親人的心頭肉，還是宗主的小寶貝呢！」

毛嫱咯咯笑著，胡理想拉住他，讓他別往歪路偏去。

「像宗主這般修爲的大妖，只要少掉身體一部分，晚年老化的眞身很快就會承受不住龐大的妖力而崩解。大家都知道，只有你不知道，宗主是爲了讓你能在人世盡情玩著扮家家酒而死！」

胡理伸出的手擱在半空，毛嫱滿意地欣賞著正直和良善在絕望悲傷底下崩毀的模樣。病房震動一陣，毛嫱臉色微變，門外傳來箕子吟誦法咒的聲音。

「敕敕，妖魔退，乾坤還！」

胡袖分秒不差，同時間提起大刀，衝破病房門板，斬落無形的封界。

當他們闖入病房，毛嫱已經渺然無蹤。

胡袖怔怔看著槁木死灰似的胡理，連那張一對她笑世界就明亮起來的臉龐也都是傷，喉頭啊啊兩聲，隨即放聲哭號。

胡袖哭起來特別帶著獸性，很吵很大聲，一點也不唯美，胡理很難不被她鬧回神智，把妹妹招過來，抱在懷裡哄著。

胡袖不甘地哭喊：「說好要保護你，說好的啊……」

胡理去外公家作客那個禮拜，胡袖總夢見哥哥在哭，爸媽以爲那是想念兄長的緣故，可是哥哥不僅哭著說好痛，肚子還一直流血出來。

雖然電話中的胡理總說著同一套樂不思蜀的台詞，胡老闆聽了女兒的夢境，決定還是去接兒子回家。胡袖在家和母親一起等著，整天都靜不下來，爸爸怎麼還不快點帶哥哥回來？

結果她和母親只等到一通來自醫院的電話，當她們趕過去時，原本活蹦亂跳的哥哥，閉眼躺在病床上，插滿管子，一動也不動。

胡袖一直記得那個死白的畫面，從沒忘過。

她放肆哭完，再抬起漂亮臉蛋，眼中滿是凶光。

「哥，是誰傷了你！」

「沒什麼，就跌下去，被狗咬。」

胡理不肯吐實，就像當年他配合申家的口供，一句委屈的話都沒說。

胡袖半扯住胡理的病袍，逼胡理好好看著她說話。

「你不相信我嗎？我已經長大了，足夠保護你了！」

「就身材來說，我感覺到了。」胡理把胡袖按在胸前，摸著頭又順著背，全力以赴安撫著。「這些傷沒看起來的嚴重，醫生也說眼睛沒事，而我……身體還有一條宗主的尾巴，很快就會痊癒。妳先回去告訴爸媽，我跟箕子在研習功課，不要讓他們擔心，好嗎？」

胡袖埋頭在胡理身上磨蹭一會，才含淚點頭答應。

胡理拿出兄長的架子苦勸胡袖回家，再回頭看向如盆景站在病房一隅的箕子。

「你和小袖為什麼會在一塊？」

「阿理，這不重要好嗎？你應該先向我哭訴或是好好感謝我才對。」

「很重要，這麼晚了孤男寡女，更何況女的是我妹，男的還是你這禽獸。」

箕子支支吾吾，不過難得這次胡理只用眼神逼供五分鐘就放過他，應該是累了。

「阿理，傷害你的是狐狸那邊嗎？你沾染上的妖氣和你同源。」

「給你看笑話了。」胡理認爲這是家醜，沒有說明的打算。

箕子撇下嘴角：「看得我都痛死了，哪裡好笑了？」

「箕子，你會不會覺得我很自以爲是？」胡理抬起左眼，箕子沉默一陣。「我總想把所有人納到羽翼之下，確保沒有外來的擾動，但沒人想被管束在手下，我所做的，也只不過是自我滿足。」

「阿理，你本來就是這樣的人，到處放聖光的美少年，別否定你自己。」

胡理連嚥兩次口水，箕子本來想倒水給他，後來才發現對方在忍著不要哭出來。

「箕子，我該怎麼辦？」

第九章　夜談

夜深了，箕子走了，然後那混蛋忘了關門。

胡理心灰意冷之下也沒注意那麼多，但就在他試著拆下雙手繃帶，處於防備最低的時候，有人從門口晃過，鞋跟答答走了兩步，又答答折回來。

抱著一袋成人紙尿布的蕉蕉女警，對上胡理倖存的左眼。

胡理就像被狐狸盯上的雞，冷汗浸濕病袍。蕉蕉沉默好一會，看了眼手腕的錶，不到三十個小時就遇見三次，不把這隻小妖狐消滅掉似乎對不起天意。

胡理垂下臉，抿住雙唇，做好赴死的打算。

蕉蕉看著在病房低溫空調中顫慄的小狐狸，她明明是爲民除害的正派人士，卻覺得自己是欺負民家良男的邪惡壞蛋。

「怎麼？晚上跑出去玩被混混打？」蕉蕉抱著一絲同情問道，看著那張老天爺不公賞賜的俊秀面容，要是她是男的也會揍下去。不過怎麼眞有人動得了手？實在是暴殄天物。

胡理低頭不語，蕉蕉直覺有隱情。

「被自己人暗算？」蕉蕉看胡理的臉色就知道自己猜中了，可憐的孩子。「哼，我每次聽人間的妖怪說人類卑劣就覺得好笑，要是他們老家有這麼好何必移民過來？就像人類暴露出劣根性還說是妖魔附身一樣，做錯事少牽拖了。」

「妳要殺我嗎？」胡理看了蕉蕉一眼，蕉蕉覺得這眼求憐的電力有十萬伏特。

「我現在一根手指就能勒死你。」她右手往褲袋掏起鎮妖鐵牌又放下，最終還是沒狠得下心。「下次再扒你的皮好了，狐狸弟弟。」

蕉蕉寬宏大量走出病房，又回頭望向小狐狸眾鬼環伺的房門口，再次折返。

胡理又用美麗與哀愁的神情招呼她，蕉蕉以前也打架打到住院過，忍不住納悶某個疑點。

「你爸爸媽媽呢？」這個年紀的孩子大多還被捧在手心上，不可能沒有懊惱的父親或淚流滿面的母親在旁邊照顧。

胡理被直擊痛處，鼻頭重重抽了下。

「我不敢告訴他們……」

「好好，你可別哭出來。」蕉蕉在局裡專門對付冥頑不靈分子，像這種天見猶憐的受害者都交給別的同事，她的社工指數趨近於零。

「不好意思，可不可以麻煩妳一件事？」胡理遲疑開口。

蕉蕉瞇起黑框眼鏡下的雙目，狐妖的小把戲終於來了。

結果卻讓她大失所望。

蕉蕉去櫃台幫胡理辦出院，胡理亦步亦趨跟在她身後，護理師小姐見人這麼快就能走跳，不免驚訝，這時就需要一個偽家屬在旁邊大笑：「哎喲，我弟弟就是皮粗肉厚，這點傷不要緊的！」

辦完出院手續，胡理鄭重向蕉蕉道謝之後，卻沒有馬上離開充滿藥水味的白色巨塔，一拐一拐走向重症病房，想趁夜半無人參觀一下醫療環境。

蕉蕉和他同路，順道監視胡理的舉動。她看胡理停在那些仰賴機器維持生命機能的病人床前，眼中流露出哀憫的神色，蕉蕉總忍不住打斷他的同情。

「那個酗酒，肝昏迷半年沒醒；那個喝酒喝到胃出血，沒有救了；那個酒駕，自己撞到癱瘓，你可以過去嘲笑他兩聲，他好像還聽得到。」

「怎麼妳都知道？」

蕉蕉玉指比向最末一床仰望窗外月光的老爺子：「吃炸雞吃到中風，我爸。」

胡理抖擻精神，他一直很想研究鹽酥雞對國人健康的影響，究竟雞排攤是不是黑心事業呢？

「爸。」蕉蕉喊著，床上老人露出驚喜的笑臉，朝蕉蕉張大缺牙的嘴。「我沒有帶宵夜，手術之前，您就死了這條心吧。」

胡理假日常去鄰里家中當看護，不乏照顧老人家的經驗。通常久病的人眼珠都會暗沉，但焦爸的目光還是炯然有神。他聽老宗婆說過，習道之人，心靈提升到一定境界，就不會囿於肉身，這也是精神的重要所在。

蕉蕉對父親嘆口氣，醫院這麼無聊，也難爲他了。畢竟是自家老爸，沒有辛苦不辛苦這種計較，只是偶爾會想，要是有人能和她一起照顧父親就好了。

就在她例行性感傷一下時，胡理熟練調整好焦爸身下的墊褥，很溫柔、很賢慧，蕉蕉幾乎可以看見他背後發出的神聖白光。

「阿伯，有沒有舒服一點？」

「有有！」焦爸向胡理微笑，還偷偷連拍女兒手背三下：這個好，他喜歡！

蕉蕉不禁慨嘆父親老了，連少年其實是名惱人的小妖精也分不出來。

「阿伯，您女兒眞孝順，這麼晚了還來看您。」胡理做得順手，邊說話邊拆開蕉蕉帶來的紙尿布，要爲焦爸換上，被蕉蕉驚覺擋下。

蕉蕉拉上床簾，胡理在外面等著，焦爸還說不介意讓那麼漂亮的男孩子摸屁股，險些被女兒掐死。

焦爸開心地和胡理閒扯家常，得知胡理家在賣雞排，好感度頓時衝破天際。

「小弟，阿伯眞的好想吃雞排，好想好想吃……」焦爸苦於女兒這面銅牆鐵壁，想從胡理身上另尋生天。

「如果您身體好轉，我就帶綜合口味來探望您。」胡理拍拍焦爸手背，焦爸熱淚盈眶。他識人無數，知道這小子有情有義，一定會帶雞排過來。

等焦爸心滿意足睡下，蕉蕉帶胡理出病房，一屁股往走廊的長椅坐下。

「你內傷還沒好吧？坐。」蕉蕉看胡理站著跟父親說話，站到那雙長腿抽搐起來，臉上依然溫婉可人，實在摸不清他意欲爲何。

「妳和妳母親辛苦了。」胡理想起他爸盲腸炎那陣子，身爲長子卻沒在床邊照顧他，開心跟著母親、小袖和箕子家庭旅行，就實在過意不去。

蕉蕉撥了下劉海：「我母親四年前車禍過世。」

胡理爲他的失言深感抱歉。

「你知道申家嗎？就是要選總統的申院長的那個申家。」

胡理眉頭一顫，蕉蕉沒發現，繼續下去。

「檯面上說是酒駕，其實是嗑藥。我爸好歹也曾是警界大老，沒那麼容易被他們壓下來，但那個英明的申院長相信他肇事的長孫會是眞龍天子，他必須依賴孫子的『龍氣』上位，傾盡全力把案子抹掉。」

胡理說不上話，蕉蕉也不需要他的感想。

「申家得勢太久，久到他們以爲自己是鍍了金的神像，不用遵守人的法則。不過他們也知道心虛，砸大錢請法師庇佑家族，不少還是從公會出來的道士，憑我這點小伎倆，動不了他們。」

「那妳怎麼辦？」

蕉蕉揚起睫：「忍著。」

胡理瞬也不瞬看著她，她的忍耐似乎與他理解的意義不同。

「總有一天會讓我等到機會，要讓他們明白，只要是人，最後都是爛死在土裡。」

「就算玉石俱焚也在所不惜？」

「哈哈，我當然想活到變成老太婆。」蕉蕉把大腿當響板拍著。「只是忍太久，狼都會變成狗，我不想當狗。」

蕉蕉吐訴完，似乎心情大好，從提包拿出兩顆水煮蛋，一口吞掉一顆。

當她把蛋放在臉旁，胡理覺得那張圓臉和白雞蛋是失散多年的雙生姊妹。

「狐狸都喜歡蛋吧？要不要來一個？」

「不用了。」

「吃吧？」

「眞的不用了。」

盛情難卻，胡理小口咬著大姊姊捐贈的點心。

蕉蕉認爲今晚是她難得的良心之夜，絕對不是被美色牽著鼻子走。只是她斜眼瞥過，不得不承認，眞的很可愛啊！

♛

大約清晨四點，女警把走夜路不安全的美少年用重機護送到府。

「原來你是華中街的人。」蕉蕉說。只要聽說過申家卑劣記錄，必定會對華中街人民的骨氣致上十二萬分敬意。他們是一群自己坐牢、孩子被陷害坐牢，也依然會跑去向強權砸雞蛋的可愛鄉親。

重機停在收攤的雞排攤前，胡理跳下車，又跟蕉蕉謝了好幾聲。

「好了好了，你要是再被人打，就打上次你要嫖我的那支電話。就這樣，走了！」

「焦嬌姊姊。」胡理喊了聲，蕉蕉捧著安全帽回眸，看他怯怯向她揮手。「謝謝妳，掰掰。」

「眞是的，掰三小。」蕉蕉不由得笑出一排皓齒。

蕉蕉在夜風中馳騁，反省什麼時候著了小狐精的道，腦中才會不斷冒出同一句俚俗：呷幼齒顧目睭。

胡理躡手躡腳走進家門，客廳的電視卻亮著，他爸坐在沙發上，一臉無趣地看著凌晨墊檔的節目。

他走上前，用力關掉電視機。

「都幾點了，快去睡覺！」

「你管我？比你媽還囉嗦。」胡老闆啐道，兩眼泛著紅絲。

胡理氣過才想到父親不休息的原因，猶豫探問：「爸，你在等我回家嗎？」

「哼，想太多。」胡老闆扭了下鼻子。「袖袖說，你和小箕子忙著妖精打架，至死方休。」

胡理滿腹冤屈最後都化作一聲呆滯的嘆息。妹子，為何要這般蹧蹋妳哥名節？

「臭小子，快滾上樓，我要看色情片了。」

胡理瞪著他爸。他回家前先找地方洗去了一身消毒水味，又用力嗅了兩下確認，這才過去沙發上窩著，數落父親滿身油炸味，邊嫌邊靠在雞排攤老闆懷裡。

胡老闆也照例嫌棄胡理不可愛五分鐘，才動手撫摸兒子那顆笨頭。

「你秦阿姨跑來攤子鬧事。」胡老闆冷淡說道，胡理當下恨不得一頭撞死，再怎麼瞞天過海都不敵現成的人證。「我認識她也不算短，她突然一跪，我還以爲自己崽子沒了。」

胡理硬擠出底氣：「沒有啊，我沒事。」

爲了證明自己的話，胡理仰高頭，用力撞擊胡老闆的肚腩兩下。

「孽子！」

「死老頭，把你的尾巴交出來！」

等胡理撒氣撒完，紅毛大尾如願現身，有一下沒一下拍著胡理的背，到他身子放鬆下來，又暖暖捂著他的臉。胡理抱著毛尾，忍了又忍，才低低嗚咽兩聲。

二樓無聲走下女人的身影，望著客廳父子兩人，聽胡老闆咄咄罵個不停。

「害你媽擔心死了，不孝崽子。」

第十章　訪友

隔天星期六，胡理大早醒來，伸手往右眼揮揮，呼口長息，開始思索應變對策，想辦法躲過心思無比細膩的母親。

「媽，我去箕子家寫功課。」

胡袖昨天大概太晚睡，閉著眼睛吃掉他盤中的早餐，又迷迷糊糊抱著他大腿不放他走，胡理好說歹說，推託會帶一盤箕子肉回來，胡袖才放他出門。

大好週末，胡理不知道箕子有沒有配合他的謊言在家，只是去碰碰運氣，要是套供成功，就能減去母親大半疑心。

他憑上次不堪回憶找到箕子家，站在老樓房鐵門前，門上沒有任何類似門鈴的東西，不得其門而入。

華中街一樓都是生意攤，而且鄰里熟到爛掉，打聲招呼就可以進門，胡理還眞沒遭遇過眼下的狀況。

他對鐵門敲到指節發疼，才等來門內一道蒼老的嗓音，問他要做什麼。

「我是子閒的朋友，上次來造訪過，請問他在嗎？」

門鎖「咯答」一聲。開出一道縫，胡理堆出最誠懇的微笑，要給應門的老人家好印象。

「您好……」結果他只看見一抹扭曲的黑影，瞬間從他身前鑽進地上某個寶特瓶中。

一來就撞鬼，胡理覺得好不吉利。

胡理藉著門縫透入的光看清擺設，樓下就像個小型回收場，堆滿瓶瓶罐罐，四個角落擺著密封的大陶甕，神壇前多了一塊紅方巾，上頭鋪著人形黑灰。

他又看向神壇，上次的仙女圖只是不屑睨了他一眼，又轉頭回去。

「不好意思，打擾了。」胡理對鬼認識不深，只是想到它們該是夜出晝寢，他這樣大白天過來恐怕吵到它們休息。

他踩著鐵樓梯上樓，記得箕子的房間就在樓梯轉角，但是一到二樓卻完全不是那晚簡單小套房的景色，而像在古代劇看到的廳堂，橫梁垂下各色不一的布簾，他撥開布簾，越過內室的小門，又是一模一樣的空屋，向深處不斷延伸。

「箕子。」胡理喚了聲，沒有回應，等他想掉頭走回原處，卻走不出這個複製迷宮，在朋友家被鬼打牆眞是難能可貴的經驗。

胡理放下背包，開始在房間翻箱倒櫃。如果單純想困住他，只要做個鐵牢就好，反過來說，既然弄得這麼撲朔迷離，一定有離開的法子。

空房能藏東西的地方不多，就一個五斗櫃和櫃上的珠寶盒。他先打開寶盒，裡面放著上次他在箕子書桌看到的合照，只差沒有相框，背面多了幾個字，寫著「胡家三兄妹」。

胡理怔了一會，又把照片放回去，現在不是傷感的時候。

他再從五斗櫃中找線索，最上層是泛黃的童裝，再來依序是國小、國中、高中制服，最下的分格放著一封信，胡理攤開來看，是箕子的筆跡——哈哈，笨蛋小偷，你活該！

胡理氣得把信撕個粉碎。

他大概知道自己陷進友人製造的幻境，等他活著出去，一定要把箕子對半折。

胡理在各個房間來來回回走過三次以上，才發現就算從同個房間同道出口離開，下一間的門上掛簾顏色也不會相同，走一遍是紅色，走一遍退回去再來是白色，第三遍是黑色，第四遍是青色，第五遍是黃色，然後再從紅色循環回來。

這五色是古時的正色，重要的是對應的順序，箕子曾說過自己雞腦人，答不出兩個陷阱以上的考題，應該不會找太複雜的象徵意義。

胡理照五行對五色，成功走出迷宮，來到迷宮後院的竹林。竹林和之前的房間一樣，層層繞著布幔，反映術者心境的障蔽。

胡理不禁喃喃：「這不是一般民宅二樓嗎？」

林子深處傳來人聲，胡理走近，望見有個半露天的竹棚子，四周繞滿白絹。

這一小段的距離，就因爲布絹阻擋，胡理多繞好幾步路，想來都是因爲箕子心裡那些彎彎曲曲的念頭具現在幻境中，那就再把他對折一次好了。

胡理總算找到熟悉的人影，卻挑起半片絹簾就不再動作，他沒想到對方正在上課。箕子一身素綠長袍，端正跪坐在席上，垂首低眸。堂前有個白布圍起的四方帷幕，裡頭點了燈，幾隻小蛾在幕中飛舞。胡理聽見的說話聲來自其中的人影，依稀是個清瘦男子。比起箕子表現出的恭謹，那人感覺有些散慢，臥坐在橫榻上，托著左頰講課。

「『日變修德，月變省刑，星變結和。』這裡是指天象變化對當政者警示，太陽代表人的內在，所以要修養德性；月亮則是外在表現，警惕加諸於人民的律法是否太過苛刻；至於辰星與整體性相關，周始定位的恆星如果出現異象，須反察政事運作是否人員不睦。子開，你認爲三光之變何者情節最重？」

被點來應答，箕子緩緩抬起頭，一派恬然，和胡理記憶中總在課堂卑怯的男孩子已經不是同個樣貌，不單身體成長發育，內心的成熟才是箕子三年來最大的變化。

「弟子以爲，關鍵在於王身上。如果主君耽溺逸樂，修德爲上；要是他不具同理心，暴政濫刑，就用月缺去勸；又如果老闆用人用得亂七八糟，星星不停在死亡誕生，改變是必要的。」

帷幕中的男子輕笑一聲，十分動聽。

「師父，是不是我解得太庸俗了？」箕子縮了下肩膀，這個動作顯得有些孩子氣，比較像胡理認識的幼稚友人。

「不，很有意思。」

箕子聽了又挺起胸膛，腦子果然單純。

「師父，天象眞的能顯現出一國治安嗎？還是古時的人穿鑿附會，就像我亂說的那樣？」

「小雞，宇宙有多少星子，而我們又能見到多少？交會，便有其意義。」

「師父，是不是國師就得學會看天曆？我、我記不起來那麼多……」

「你昨晚有沒有看星星？」

「看了。」

「漂亮麼？」

「漂亮。」

「那就夠了。」

胡理靠著竹門還想多旁聽一些，外頭突然捲進狂風，帷幕中的人影揚起眼睫，驚動燈蛾拍翅飛。

燭火熄滅，幕中人影跟著暗下，箕子站起來，繃著臉皮快步而出，用力揭開布簾，與胡理四目相對。

「阿理，你怎麼來了？」箕子不住詫異。

「箕子，抱歉，我不是有心……」

「沒關係啦，我不介意，師父老人家也不會生氣的。」箕子朝上空兩手拍拍，大風再次襲來，眨眼間，竹林和棚院全部捲回他手中的紙卡。「啊，都什麼時候了，我竟然又拖到他的時間！」

胡理從箕子接下來的哀號得知，那個男子可是到府無薪家教，箕子付過的報酬也只有一杯過門的茶水。

「阿理，話說回來，也真虧你走得到我這個防賊法陣的陣眼。」

胡理沉默了，想起剛才被耍得團團轉的憤怒。

「箕子，我想到還沒跟你答謝救了華中幫小子們的事。」胡理放下背包，活動一下手腳關節。

箕子眼中一亮，不知死活地問：「怎麼怎麼？你要謝我什麼？」

要長腿就給他長腿，胡理使出剪刀腳絞首，箕子在他大腿間掙扎不已。

「啊啊，天堂地獄！」

正義之懲結束後，箕子含淚去給活動完筋骨的胡理大少爺泡茶，像個小婢縮頭縮腳，不敢再有一絲廢話。然後從房間外搬了折疊矮桌過來，和胡理對坐著做家庭代工。

胡理端坐上身，翻了兩頁文法書，還是不敵對面傳來的陣陣陰氣。

箕子抱著一尊半身大的雙髻頭紙娃娃，用哄小朋友的語氣問娃娃鞋模合不合腳；試完鞋模，他又做出傾聽的樣子，自言自語：「要粉紅色的？」、「再加個蝴蝶結？」、「哇，妳就像小公主一樣！」

胡理忍了又忍，還是拉下臉跟箕子搭話：「你在幹嘛？」

「哎喲，阿理，你不用幫忙，我一個人就好，眞的不用！」箕子不好意思推卻著，胡理回說少作夢了。「我孀婆比較嚴肅，小孩子都送到我這裡來，這是我生活費主要來源。」

「沒多少錢吧？」胡理參與過幾場普通人家的喪事，都是承包商一層層扣下去，錢都不是眞正出力的業者在賺。

又喪事多半是爲了生者的面子，是要「孝順長者」才會大張旗鼓。如果過世的是小孩子，家屬多半不願聲張，也就無利可圖，他還在殯儀館聽過人家討價還價，堅持未成年要打對折。

箕子只是笑：「小朋友很可愛。」

胡理想起上小學第一天，他揹著書包要離開華中街，後頭跟著一大群小雞子，爲首的就是小袖妹子，哭得滿臉鼻涕眼淚，就是不想跟哥哥分開。

這麼小，如年幼妹妹的孩子，已經離開世間。

胡理放下書，挪過去拿起剪刀色紙，照著要求的式樣拼貼出一雙妹妹小時候常穿的娃娃鞋。箕子把鞋子給紙偶套上，讚揚幾句，無形的小女孩似乎非常喜歡。

箕子把紙娃娃抱下樓，又拎著一袋房子、車子的紙模型回來，順帶多拿一組剪刀和黏膠，有意無意放到胡理面前。

胡理瞪了得寸進尺的傢伙一眼，還是動手進行藝術創作。

「阿理，你眞是太萬能了，我做了三年的手工藝都不及你這個新手。」箕子由衷讚歎那個私人庭院的噴水池，女神雕像的腿好漂亮。

「箕子，我一直以爲你怕鬼。」胡理想，彼此的祕密眞相大白後，他最不滿的就是這一點。以前國中同學只要一說鬼故事，箕子立刻臉色刷白，還有人跑去公墓亂拿東西，就爲了扔到箕子身上看他尖叫嘔吐。

母親總說，要多看著子閒喔。胡理連聲答應，事實卻不如人意。

箕子認識胡理多年，不難明白他那點「總是做不夠」的彆扭心態。就算昨天的傷全好了，胡理還是會繼續糾結下去。

「阿理，你有一種把人看弱的習慣，但人是會成長的生物。就算沒有你在，大家還是會用自己的方法長大。」箕子低頭剪裁小洋裝，這樣就不用看胡理悲傷的樣子。

「箕子，所以說，你一個人沒問題了吧？」

箕子覺得胡理還是不太明白癥結所在。

「那就好。」胡理喃喃著，再挑戰下一棟有私人泳池的透天厝。「大師，我今早作了一個夢。」

經過昨夜震撼洗禮，胡理本想清醒著睡覺，卻還是陷入深層睡眠，夢見自己變回七歲小童，身旁一隻金毛小狐、一隻黑毛小狐，圍著他跳上跳下。

——表哥、表哥！

胡理蹲下身，一左一右攬著兩隻小狐狸，欣慰表示：「阿麗和毛毛都很乖，我們要一起當好兄弟喔！」

以上，胡理請教箕子大師夢境代表的意涵。

基本上，箕子完全看清胡理在親情方面根本無可救藥。

「阿理，你的夢沒有任何須要解釋的地方，直接而明瞭反應出內心的渴望。」

胡理不住嘆息：「他們兩隻毛抱起來很舒服，爲什麼心會扭曲成這樣？」

箕子伸手在胡理右眼前晃兩下，胡理右眼完全沒有反應，只把箕子的手當蒼蠅拍開。

「不用擔心，這點傷會好的，我只要不被打死，就不會有事。」

「阿理，不是我詛咒你，你這種體質要是落在變態手裡就完蛋了。」箕子一點也沒寬慰到受害人。

「也只有你這個變態想得到這層考量。」胡理聽了就生氣。

「不過能當你親人運氣眞好，被照顧不用感謝回去，欺負你也不怕被記恨。」箕子從昨晚憋到現在，話到嘴邊還是忍不住長出刺來。

「箕子，你敢碰我我揍回去這是當然，但是我們之間沒有什麼謝不謝的。」

箕子就是覺得胡理這點無可替代，不希望他改變，才無從規勸起。

「我還有另一件事想請教小雞大師。」

「說吧，狐狸施主。」

「昨天你跟小袖爲什麼會在一起？不說清楚，你的下場就會跟我手中的竹籤一樣……」

胡理說完，把紙紮跳水台的骨架一刀兩斷。

「這位施主，你聽過純友誼交往嗎？」箕子顫顫退開胡理剪刀的勢力範圍，不敢小覷胡理從小剪雞排長大的狠勁。

「沒聽過，我只知道身爲兄長有必要斬殺任何接近小妹的變態。」

「我、我好歹也是小袖的乾哥，才不會隨便對她做什麼！」

「好一個乾哥啊，新聞那些害少女未婚懷孕的不都是乾哥嗎？」

「阿理，你這樣可是打翻全天下的乾哥！你自己還不是整條華中街的乾哥？一樣都是乾哥，你不能厚己薄我啊！」

箕子眼看胡理眼中的疑竇愈深，再不如實托出自己就要被當肥雞肢解，被逼得退無可退，才豁出去大喊：「阿姨帶我和小袖去辦手機啦！」

「你說什麼？」胡理臉色大變。

「就是最近有個電信專案，辦門號買一送一，你媽一臉溫柔問我要不要，我怎麼有辦法拒絕？」箕子拉開書桌抽屜，給胡理看嶄新得發亮的物證。「一藍一紅，和小袖是情侶機喔！」

「我媽買手機給你，而我沒有？」胡理聲音都在顫抖。

「阿理，這就是你的不對了。阿姨在你生日時明明問過你，你卻矜持說不想浪費錢，討好賣乖，她這番心意只得轉移到我身上。」明知找死，箕子還是對胡理咧開炫耀的白牙。奪母之愛，天理不容，胡理不得不再殺箕子一遍。箕子都已經抱住頭做好赴死的準備，胡理卻遲遲沒有動作。

胡理想到一個驚天駭浪的重點：「你和小袖來醫院的時候，媽媽知道嗎？」

「她叫我們不要講。」箕子苦澀地笑，「阿姨一直在醫院大廳等著。」

難怪胡袖這麼簡單就被哄走，原來是顧慮雙腿不便的母親。

「你爲什麼不早說！」胡理憤恨喊道。害他在母親面前裝模作樣一早上，還錯失在她懷中盡情哭泣、被溫柔撫毛的機會。

箕子默默承擔胡理的怒氣，等他激動的情緒褪去就要轉爲內疚，才插話進去。

「阿理，你和阿姨很像，你們的高傲不外顯，而是深藏在每一根骨頭裡。」

胡理明白，就算母親來到他病床邊，他只會堆出最雲淡風輕的笑容，表示這不過是一時失足，或許還會撒點謊辯稱這是苦肉計之一，事情完全在他的掌控之中。沒有問題的，他足夠優異，不須要依賴任何人，證明母親生下他不是件可恥的事。

「箕子，我沒有臉回家了。」胡理不知道該怎麼面對運籌千里的雞排攤夫人。

「你要過夜嗎？」

「幹嘛一臉欣喜？噁心。」

「沒有啦，反正我衣櫥裡都是你的衣服也有你的內褲，住下來方便。」

「箕子，你眞是個變態。」

「再變態也是你專屬的變態啊！」箕子對胡理優雅一欠身，被胡大少風情萬種瞪了一眼。

「話說回來，阿理，阿姨很疼你。」

「我知道。」胡理認爲世上沒有比自己媽媽更好的母親了。「箕子，你父母離異那個時候，其實我媽有意思……只是我家不尋常……」

「阿理，你還記得國中暑假家庭旅遊嗎？」箕子低眸給洋裝貼花，再做一把洋傘。

「我看『東西』越來越清楚，一邊想著永遠不要結束，一邊又怕被你們發現，三天都不敢睡覺。」

當時胡袖注意到異狀，胡理以爲箕子是難過，兄妹倆到哪裡都牽著他的手。

「我也很想厚顏無恥請你們收留我，但我眞的是個異類，要是我給你們添上一丁點麻煩，我纖細的內心可能會受不了，再跳樓一次。」

「你不過會通靈，有什麼好介意？」

箕子定定看著胡理，想到自己已經滿十八，不該是過往那隻追在胡理屁股後的弱雞，微笑擺出少年該有的酷帥姿態。

「說的也是，而且我後來有嬸婆，還遇見師父，現在可是炙手可熱的箕子大師。」

胡理勉強勾起嘴角：「最好是。」

「只是，早知道原來我們都不在乎彼此的特異，還是會覺得有些遺憾。」

箕子把臉埋在矮桌上，偷偷去拉胡理的手腕。

「大哥。」

「幹嘛？」胡理故意板起兄長的臉孔。

「沒事，就叫叫看而已。」

第十一章　鴉頭

胡理在雞排攤開業之前趕回去幫忙，俐落換上工作服，綁上頭巾，華中街的美食之夜就此展開。

胡理這幾天沒出來做生意，大家都很思念美少年，雞排攤大排長龍。沒想到雞排攤老闆和小開爲了甜不辣的排列方法大吵起來，老闆嫌小老闆雞排剪得像車禍輾過的屍塊；小老闆冷聲數落老闆人老了，肉也炸老了，火藥味十足。旁人怕他們當眾扭打起來，胡家父子以前也不是沒有過相殘的案例。

而今天很難得的，束著包包頭的雞排攤千金也出來站崗。

「我哥連著兩天沒跟我爸膩在一起，寂寞了。」胡袖攢著一包雞米花，吃得很香。

「小袖，不准偷吃客人的東西！」

熱熱鬧鬧，生意很好，雞八兩雞排攤忙到半夜才得抽空休息。

胡袖早早準時上床，胡老闆說要進去撇條，就剩胡理在外頭顧攤。

他炸了一顆蛋要當宵夜，才撈起來瀝油，沒來得及享用，就有生意光顧。

那是一名大半夜打著洋傘的洋裝少女，穿著一雙圓滾的娃娃鞋。胡理看了眼時鐘，凌晨一點，做好收冥紙的心理準備。

「表哥。」少女清脆喚道，揚起傘，齊整的黑劉海一晃，露出人偶似的假笑。

胡理頓了下，隨即提起十二萬分警戒。

「你看起來很悠閒嘛，眞的有想當王嗎？」

胡理直截回應：「眞的。」

「我是皮家的探子，小名鴉頭，算是胡姓旁系。」鴉頭提裙向胡理行了禮，胡理向她微微頷首。「我就明說好了，你至今還沒有找到傍身吧？」

「爲什麼選我？」

鴉頭掩嘴輕笑起來。

「我剛說了，我們家族是胡姓旁支，總是比秦毛兩家來得親，而你眼下無依無靠，我把未來押在你身上，拿回的倍數就愈大。」

「妳趕時間嗎？」胡理問，少女又嗤嗤笑個不停。「那邊請坐，我們談談。」

大概十分鐘後，少女坐定的工作小桌堆起十多種招待她的炸物，她每樣都看不上，就要胡理手中正要開動的那顆蛋。

來者是客，客人就是服務業的天敵，胡理無法，只能讓給她吃。

鴉頭津津有味啃著炸蛋，開始闡明一名小狐的理念。

「自我修煉有成，便開始來往妖界各國，享受著旅行的快樂。我們狐妖因爲有宗主在背後當靠山，到哪裡都很有面子，錢不夠還能賒帳。我認爲，國君就是國家的門面。」

「這像是人類會說的話。」

「是呀，人類因爲很會搞破壞，破壞就有重建，許多人類治國的感想，有些我們也用得上。」鴉頭挾了塊豆干，在嘴邊嘖嘖兩聲。「秦麗無能，毛嬙在毛氏出頭時，傷了不少族人，單論賢良，你是三者最好的一個。」

胡理不覺得高興，通常褒獎完，後頭就要開炮了。

「可惜你是雜種，因爲這點，胡姓又更看不過你父親叛逃的事。」鴉頭叉起芋粿塊，略略斂起笑容。「你想尋得族人支持，必須有和人類劃清界線的打算。」

「沒有辦法，這樣等於否定我自己。」

「你是半妖，我知道你很難接受。」鴉頭咬著甜不辣，兀自嘆息。「明明宗主位子是燙手山芋，你該卑微卻得了這個機會，很多狐等著看你笑話。」

胡理望著她半晌，從言談感受得出她是隻很有見地的狐。

「這些我知道，也能明白族人的想法。唯獨這個機會的代價我怕償還不了。」

鴉頭一哂，四季豆掉了下來。

「人類不是總說要追夢嗎？逐夢最美。宗主日暮西山，眼看著後生不肖，勉強數日子過活，因爲你的關係，又嗷嗷振作起來，披著戰甲趕狼又趕老虎，威震四方，而我又能繼續白吃白喝旅行。總歸一句，你是宗主最後的夢。」

胡理憶起小時候在老宗婆懷裡讀聖賢書，裡頭說的君子是有德行的上位者，他端著書，對孔孟理想若有所感，抬頭跟老宗婆說，他也想當個君子。

老宗婆哼了聲，拿爪子壓他的頭。

如果他的存在能讓她心頭熨貼一些，胡理會覺得好過一點。

鴉頭不住嘆息：「我走過很多國家，才知道宗主的好，青丘的後人們卻把她的付出視爲理所當然。她不要死後被掛念著，而是希望後繼者能比她更好，好到她能平平淡淡被遺忘。」

胡理忍不住想，她那麼美麗，怎麼可能忘了她？

「我選你，是因爲我相信宗主的眼光。」

胡理清楚想起他爭王的目的，那麼重要的事怎麼可以因爲受了傷就害怕退卻，這樣又把她置於何處？

胡理抬起眸子，鴉頭雖然閱妖無數，還是不得不讚許這雙眼長得可眞好。

「小鴉，妳認爲青丘要和人間隔絕嗎？」

「爲了安定，是的。」

「那麼謝謝妳，我想我們不能合作。」

「宗主就算喜歡人類，也沒有在這點讓步喔！」

「但我畢竟不是她，有些東西犧牲不來。」

「和傳聞中的一樣天眞。」鴉頭由衷笑了笑，把桌上非肉類炸物全都打包帶走。「不過，阿理表哥，就算成爲敵人，我還是希望你能加油。」

日後，傳來皮家投靠毛氏的消息。

♛

「放我出去！」

連著兩天叫囂，少年已口乾舌燥，一哭二鬧，只剩上吊沒做過。

奈何他對繩索有陰影，以前他那個驚才絕艷的姊姊才半大就能化作人形，笑咪咪問他要不要跟姊姊出去玩，然後用狗鍊套住他脖子，到公園向幼幼班的同學炫耀她的狐狸寵物。

他世上最害怕的妖魔大概就是自己親姊，只是小時候怕生，不黏著她也不知道要跟誰玩。秦艷含著秦家大千金的鑽石湯匙出世，喜歡自稱小宗主，即使宗主偏寵胡家長子，她依舊能侃侃說出上百條勝出的理由。

那種自信絕非裝腔作勢，秦麗怎麼也學不來。

這樣無敵的姊姊卻生了病，吃什麼都吐出來，怎麼都不讓他靠近。

有天晚上，他終於成功鑽進病房，窩在燒得像火爐的姊姊懷中。

秦艷呢喃著：「阿麗……」

他湊過去想舔她布滿紅斑的臉，被一巴掌拍開。

「你怎麼那麼笨啊？要母親怎麼辦？」姊姊打了他，又把他拎回身邊，從口中度了一顆火丸子給他。

他眞的很笨，只想著姊姊快好起來帶他去玩，不知道她就要死了。

「弟，以後不能玩了，你要學會長大才行……」

姊姊用力抱緊他，那瞬間秦麗好像有些明白秦艷爲什麼要表現得那麼張狂。她說，只要有她在，沒人能動秦艷的小弟。

姊姊鬆開手，懷抱變得冷冰冰的。

回憶至此，秦麗紅著眼眶，把椅子再次砸上那扇破鐵門。

他做錯什麼？明明是插隊的胡理不好，宗主的位子本來就是秦家的東西，他死都不會讓出去。

突然一陣槍響，門鎖被打落下來，門板遭人從外頭踹開，悠然走進披著白領巾的黑西裝男子，手槍塞回西裝內袋。

「阿麗，叔叔來救你啦！」男子露出一口吸菸造成的黃板牙。

「嗚嗚，安可——」秦麗撲了過去，在男子懷中變回原形。

等男子心花怒放要抱著毛球揉兩下，秦麗卻踩著他肩膀跳開，再次化成金髮少年，頭也不回往外跑。

「安可掰掰！」

「這小沒良心的。」男子嗔笑一聲，命令左右跟上去。

少主被內線放走了，看守的秦家人趕緊通報族長，不一會，秦媚氣沖沖從另個世界趕回來。

「誰幹的好事！」秦媚美目盡是厲色，不管是秦家的僕役還是男人的手下，一同指向罪魁禍首。

「阿媚，妳別這樣，小孩子很可憐。」男子陪著討好的笑臉。

秦媚舉起未展開的黑雨傘，對著男人就是一頓痛揍。

「你再寵啊，再寵他啊，都是你把他慣成這樣！」秦家大家長找到近日鬱結可發洩的出口。

「哎喲，我又不是他爸，別打了……我好歹也是東聯幫主，妳不過是被我包養的小姨子……別別，不要捅我屁股……好好，都是我的錯，妳儘管把氣出在我身上，是我沒把阿麗教好，最可惡的就是我，我是大壞蛋，行了吧？」

男子忍著皮肉火辣的痛，過去摟住秦媚的肩膀，好聲好氣哄著。

「要不要做一下，消消火？」

秦媚低頭不應，男子使眼色叫閒雜人等快滾，一手解西裝鈕釦，一手去脫那襲明黃長裙。

「我不是個好母親。」只剩兩人獨處時，秦媚才露出一絲軟弱。

「誰說不是，老子斃了他。」男子憐惜捧著他家狐狸精的小臉。「阿麗要是沒把自己搞死，總有一天，他會明白妳的苦心。」

秦麗命令司機到胡理學校去，他要堵人算帳。

放學時分，人類學子成群擁出校園，即使穿著同樣款式的服裝，秦麗還是能一眼從人群中認出端正提著書包的胡理，那張臉依然俊雅得讓人討厭，只是右邊依稀有條肉色的淡痕。

見胡理一臉柔和回應向他道別的人類，秦麗就莫名不爽。

「班長！」一對面貌像照鏡子般相像的女孩倆，比秦麗早一步開口叫住胡理。

胡理停下腳步：「我趕時間，要告白改天。」

「不是啦！」雙胞胎一同揮舞四隻手臂。「你最近沒什麼精神，大家都很擔心。」

「我也很擔心大家的校排名，你們怎麼有臉活下去？」胡理感謝同學們的好意。「芙蕖、芙蓉，雖然我不想講破，但學生不唸書還有什麼剩餘價值？」

可惡，竟然間接損她們是廢物！

「班長，算你狠，不過今天你不給個交代，我們是不會放你走的！」雙生花露出威嚇的白牙。

胡理溫文嘆口氣，用腋下夾起書包，藉著身高差，左右手揉揉雙胞胎的腦袋，摸得她們腦袋都熱暈了。

「明天見。」胡理趁姊妹花暈船，靠著美男計脫身。

胡理一路目不斜視走到校門口，才發現秦麗的存在。

「秦公子，你好。」

秦麗直覺他獲得的待遇比那些普通人類都來得差，大吼：「你在囂張什麼！」

「你先別生氣，讓我離開就好。」

「哼，憑什麼？就算我吃了你，你又能怎樣！」

胡袖倏地出現在秦麗身後，揚腿就是一記猛烈的旋踢。

胡理好生遺憾，他已經仁至義盡勸過了，今天會趕時間放學就是因爲妹妹一早鬧他成功，約好要一起回家。

路邊轎車衝出兩名保鑣，秦麗捂著滿臉鼻血，抬手擋下他們，表明這個危險性極高的少女是他未過門的未婚妻。

「小袖，今天要不要去玩？」秦麗三兩下決定把正事後移，先來約會。

胡袖冷淡望著他，秦麗被她看得有些膽怯，隨即又把這點不開心轉移到胡理身上。

「你輸我就叫小袖不要跟我好，卑鄙無恥！」秦麗激動紅了眼，好像他才是被人推下去當狗糧的受害者。

胡袖就要過去再給秦麗一頓打，被胡理按住拳頭。

「小袖，算了。」

胡袖沒了拳頭就不知道該怎麼替兄長討回公道，她不擅長論述，不知道事實被扭曲的時候要怎麼糾正才對。

「阿麗，你來做什麼？又要害我哥嗎？」

「別聽他亂講！我哪有害他！」秦麗急得辯白，他那天是討回公道。「妳看他傷不是都好了嗎？可見他沒什麼事，都在裝可憐騙人！」

胡袖回頭望向無謂秦麗指控的胡理，很怕他說了「對」、「沒錯」。那時候沒有宗主婆婆神尾護體，傷都還在身上，哥哥對著外公家叫來的媒體鏡頭，一律呆呆承認，都是他不對才會受傷，一切都是他自找的。

「阿麗，我以爲爸爸的親人總是和媽媽的親人不一樣，原來你們都一樣。」胡袖不曉得自己原來可以說出這麼悲傷的話。

秦麗再遲鈍也知道被討厭了，不知所措地望著胡家兄妹離開，而胡理自始至終都沒有正眼看過他。

♛

胡理爲了哄胡袖開心，從黃昏市場買了一整條燻肉給她抓著啃，又被秦麗間接害得大失血。

「哥，你看箕子哥傳簡訊給我。」胡袖用油膩膩的手爪子掏出全新手機，胡理看得直皺眉，把電話拿過來擦乾淨。「你幫我回一顆愛心回去。」

「小袖，箕子有點死心眼，妳不要耍著他玩。」胡理點開訊息，看到箕子濃情蜜意地問候胡袖妹妹到家沒有，句子之間塡滿黃色小雞，有夠幼稚。類似的垃圾簡訊有幾十封，而他們拿到手機才兩天不到。

「哥，你放心，我會等到箕子哥身心健全交到新女友再甩掉他。」胡袖微笑保證。

「沒想到妳竟然這麼認眞在玩弄他。」胡理回了大便圖案給雞哥哥。

「那天媽媽帶我們上街，媽媽一手牽一個，箕子哥明明很高興，看起來卻像快哭出來。要是我們家突然搬去青丘賣雞排，箕子哥一定會死掉的。」胡袖用油亮的指頭點點豐潤的脣角。

「別把他形容成脆弱的小動物，不舒服。」

「哥，你不覺得箕子哥變得不一樣了嗎？」

胡理不得不承認，受名師指點，箕子從鼻涕蟲膽小鬼一躍而成耍帥的靈異大師，在他面前亂囂張一把。

「他三年來都拚了命想追過你，我交了幾十個男朋友，還沒有見過比他有恆心毅力的伯勞鳥。」

「什麼？」

「哥，伯勞鳥眞的不能吃嗎？」胡袖吞了記口水。

「當然不行，有畜牧的雞肉吃幹嘛爲難野生候鳥？」胡理不想討論生態保育的議題，而是那個令他倍感意外的眞相。「我怎麼都不知道被他當成目標？他的成績連我車尾燈都看不到。」

「箕子哥大概想變成像哥哥這樣被大家信賴的心靈支柱吧？你看他把你強顏歡笑和逞強不哭學了八成，不簡單啊！」胡袖自動拉起胡理制服下襬擦嘴，胡理倒吸口氣，到頭來還是捨不得對小妹發火。

「妳哥不是紙巾，也不是寡婦。」這樣聽來箕子都在浪費青春。

「箕子哥的媽媽好像欠了很多錢。」胡袖擦乾手，翻出昨天的私密簡訊給胡理過目，出賣得相當乾脆。「她想帶箕子哥回去幫她還錢，我覺得過陣子他又會學哥在人前笑笑，然後躲起來難過。」

「我明天會去逼供，謝了。」胡理抽出手帕甩兩下，預備好架勢，胡袖立刻收起手機湊過去讓胡理擦乾淨嘴巴的油光。

「哥，與其讓他被黑心的人類母親賣掉，還不如把命賣給哥哥。」

「說什麼？」

「你不是因為眼光太高找不到傍身嗎？」

「我才不是眼光太高，是理念的問題。大人的事，小孩子別多管。」

「可是你都不問爸爸以前有什麼老朋友，反而去問媽媽朋比結黨的後果。你可以明白為了自己家族選邊投資的想法，卻不苟同這種層次的政治利益交換。別人覺得胡姓不支持哥很可憐，可是你其實不屑那種容不下一隻爸爸帥狐的封閉家族，說不定還慶幸能和老家劃清關係。」

「誰教妳這種東西？」胡理不覺得胡袖能有這般思維，她只想把威脅家人的敵人打得遠遠的。

「箕子哥呀，我們最喜歡一起聊哥哥了。」

「我沒有那麼偏激好嗎？」胡理見到鴉頭來投奔，不是沒動搖過，但他是王的候選者，不能輕易退讓。「只要我當上宗主，不打算讓任一方受益，我非常歡迎能明白這點又願意支持我的人。」

胡袖身爲家中和狐族聯繫感情的橋梁，扳手指算著不提利益的交好信，一封都沒有。

「那還是只剩箕子哥了。」

「他是人類又是道士，別開玩笑。」

「你不知道宗主婆婆當初就是找人類道士作幫手嗎？」胡袖睁大眼眨兩下。

胡袖一拿出老宗婆當招牌，胡理的鐵石意志就晃了下。

「眞的？」

「眞的。」

胡理糾結兩下就回復理智：「不行，別再提起那白目。」

「爲什麼？哥哥，我們三個好久沒有一起出門了，就一起去青丘玩嘛！」胡袖拉著胡理雙腕，跳上跳下耍潑。「哥，好嘛，哥哥，好嘛，哥哥哥——」

「去玩個頭，妳把遴選當成什麼！」胡理忍不住動了肝火。

胡袖乖乖鬆開手，縮手縮腳站到一旁，又躲遠一點，選了一處種著福木的街角蹲下來，不時發出嗚嗚泣音。

胡理冷眼以對，讓小妹好好反省三十秒，再半分鐘鬆開眉頭，走過去一點，又湊近一些，低身伸手到胡袖面前。

胡袖怯生生抬起頭，大概想要胡理再哄她幾句話。

「妳這招太沒新意，起來。早上媽媽不是在燉肉嗎？妳不是早早放話肉都是妳的？」

胡袖這才蹦起身，大搖大擺牽著胡理的手亂晃，向全世界炫耀。

「怎麼了？」胡理偏頭看著小孩子似的胡袖，目光又軟下一層。

「哥疼我，妹子高興。」胡袖哼哼說道。讓主張大愛被澤的胡理喜歡不難，但獲得對感情小心翼翼的哥哥全心寵愛可不簡單。

胡理明白自己兇不下去，只得好聲好氣再三勸道。

「聽著，雖然妳跟箕子就像雲與泥巴，但你們都是我很重要的人，我再不濟也不會把主意打到你們兩個身上。」

「可是哥，你這麼弱……」胡袖從來沒顧忌過胡理的尊嚴。

胡理望向天際露出的兩、三顆明星，輕呼口氣。

「小袖，說起來不要笑哥，雖然目前半點贏面也沒有，但我從來不覺得自己會輸。」

第十二章　陰謀

今夜的雞八兩雞排同樣香郁多汁，雞排攤父子也依然和樂美滿。

「打、打！」熟客們和華中街鄰里熱情吆喝。

胡小開勒緊胡老闆的領子：「不過才兩條路的外送，爲什麼送那麼久！」

胡老闆呸了聲：「老子順便打個小鋼珠，管那麼多幹嘛？我老婆都沒說話了。」

「媽眼睛瞎了才看上你這個不負責任的臭男人！」

「哦，那你這個臭男人生的臭小子又是什麼？渣渣。」

「你這個渣渣父親害我一個人顧了整整一小時的攤子，我今晚跟你沒完！」

「好啊，來啊！」

戰事正酣，突然閃過兩記燈光，胡家父子幾乎是本能尋找鏡頭，擺出最上相的姿勢。

「不好意思，早上曾打電話告知過，我們想做大學周遭的美食誌。」兩名打扮時宜的女孩子一同朝胡家父子溫婉請求。

胡老闆一聲不吭回去炸雞排，使出凌空甩油的絕技，贏得記者和客人滿堂采。

胡理一邊給炸雞裝袋，一邊擦著不存在的汗水，還對鏡頭露出羞澀的微笑。

「為了家裡生計，一點也不累。問我未來的目標嗎？我立志成為醫者，為社會盡點心力。」胡理偏好扮演任勞任怨的模範生角色。

華中街大多不喜歡記者打擾，反正生意已經好極了，不在乎名氣和宣傳。而胡家父子是因為喜歡採訪本身而接受採訪，那是一種享受他人吹捧的本能。

拜虛榮心所賜，父子倆手腳特別勤快，本來要等上十來分鐘，聽首歌就排到了，雞排攤也因此提早解決排隊人龍。

胡理窩回工作桌背單字，不時抬頭看向顧攤的父親。胡老闆按著右邊大腿，猶豫一會，才無聲拉過長凳坐下。

胡理看得眼眶微酸。箕子說過，妖族修煉不易，他爸從青春永駐的大妖落得老病的中年男人，就不相信沒有後悔過。

胡理一從塑膠椅起身，胡老闆也立刻站起來，裝作沒事人。

胡理步步為營，確認四周無人無妖，才從背後環抱住父親。

「爸、爸！」

「不可愛，走開！」

「爸最帥了，最喜歡爸了。」

「再不滾，放屁給你聞！」

胡老闆終究只是說說而已。胡理平時矜持得很，一旦發揮本色，連大風大浪走來的宗主都不是對手。

胡理就像條尾巴黏在胡老闆背後，而他的生命本來就是他血肉的一部分。

「爸，你是不是不想我選宗主？」

胡老闆沉默一陣，胡理才想到自己沒有問過父母的意願，以爲彼此心知肚明就這麼帶過去。

「你看宗主一輩子沒男人沒崽子，就知道那不是什麼好缺。她爲了青丘放棄那男人，我沒那麼偉大，我只想跟你媽在一起。」

母親說，她對男人的印象不離花天酒地又沒擔當的兄弟們，一直等著自己什麼時候被拋下。後來夫妻倆人老珠黃，丈夫還是把她抱在身上，低頭爲她按摩膝蓋，她才想到這男人是狐狸仙人，不一樣的。

「爸，我還沒有心儀的女子，家裡也有小袖在，只是捨不得你和媽媽。」胡理上半身往父親背後蹭了蹭。

胡老闆重重用鼻子哼了聲。

「爸，你怎麼會和家裡鬧翻，有和好的機會嗎？」

胡老闆向來我行我素，扔下的就不會回頭撿，要不是兒子太優秀被宗主叨去，這輩子都不想和老家有瓜葛。

「你爸年輕時太帥了，被逼著當種馬。」

胡理往前探頭見父親一臉憤恨，明白不是玩笑話。胡姓族人太不了解這男人，不管那種事舒不舒服，至少要先跪下來求他才對。

「我和宗主都是在人間長大，雙親死在人類手上，卻又被人類養大。別的狐只會說人類殘暴險惡，不明白我們對人的戀慕，加上我和宗主死去的胞弟有些像，又常去宮中蹭飯，一起說話解悶。我和你秦阿姨也是那時候碰上。」

就因爲這份交情，胡袖生病時，父親這個旅外叛徒才求得動一名王者。

胡老闆掙扎許久，才從牙關擠出一句眞情告白：「宗主……就像我母親……」

「爸，我完全明白。」胡理這點就乾脆多了，「老宗婆」叫得不知道有多親，還用小孩子腔加成威力。

「族裡卻要我去追求她，讓她生下胡姓的繼承人。」

對別的狐來說，只要在生育期內就沒有問題，但受人類社會倫理浸淫過的胡老闆完全無法接受。

他不從，他們又退而求其次，要他做秦家或毛氏大千金的夫婿，只要讓未來的當權者有一半胡姓的血統就夠了。

「理崽，那種只想用最簡便的方法攀權的傢伙，根本無須理會，等你得勢之後，他們自動會巴著你尾巴不放。」

「爸，可見你以前眞的很帥，才會要你去勾引人家大小姐。」胡理認眞又諂媚地說。

「太帥了，沒辦法。」胡老闆故作惆悵，恨世間無敵手。

胡理想到昔日規矩都不放在眼裡的逍遙大狐，如今被綁在一個小攤子前，休息也只是帶母親到醫院復健；好不容易把屎把尿把他養大，卻像把錢扔到排水溝裡，十八年養育之恩加五百年功力放水流。他遠去遴選，不知道回不回得來再看父母一眼。

胡理才想著虧欠，約莫父子連心，胡老闆跟著嗤了聲：「不孝崽子。」

胡理認分給父親拍頭出氣，大概工作累了，沒力的胡老闆打起來就像摸著他腦袋，有一下沒一下。

如果可以，胡理希望永遠都不要再傷到父親的心。

「理崽，今天你媽家那邊來電話，說你外公病了，好像是肝癌末期。」

「媽知道嗎？」胡理五味雜陳，沒有他想像中的無所謂。

「你媽聽到笑出來，她一直在等這一天，比誰先死。」胡老闆叼著竹籤對夜色慨嘆。申家三番兩次奪母親所愛，胡理知道她隱隱恨著娘家，不知道恨得有這麼深。

「你媽笑完就變了臉色，直想到你這顆老頭子眼中的仙丹。」

「叫媽媽別擔心，要選舉了，他們不敢太張揚。」胡理鬆開手，直挺站在父親身邊，顯示自己不再是無知小兒。

「所以趁這段安全期，你還是快點滾到青丘去。」胡老闆用力推了胡理一把，胡理睜著明眸發傻。「去去，看了就礙眼！」

明明捨不得，但因爲無力保住他，也只能把他送得遠遠的。

「爸。」胡理輕喚了聲。

「少囉嗦，不過是更年期到了。」胡老闆用吸油紙重重擤下鼻水。

母親說，父親因爲是孤兒，一直想要有自己的小孩，不是單純血脈存續，而是像人類社會可享天倫之樂的家庭，胡理是他長年來的盼想，胡袖則是幸運又生到一個。

胡理試著變成狐身來討父親歡心，努力一陣，連條尾巴也沒有，還被情緒緩過的胡老闆白眼鄙夷。

胡老闆親身示範，砰的一聲，汗衫上就站定一隻紅毛大狐，朝兒子高傲仰起頭。

胡理沒跟更年期的中年男子計較，只是問可不可以順毛。

於是胡理蹲在攤子後，撫摸他心愛的毛團還有尾巴，雖然整體來說有點發福，但這皮毛色澤眞不是蓋的。

「爸，你眞是全世界最帥的狐狸。」

♛

毛氏大宅在青丘之外的異世，能從寸土寸金的他族領地騙得土地又安然住上千年，可見毛氏一族之奸巧。

滿室珠玉，都是人間少有的珍寶，堂上横著一體成形的青玉案；與古典建築作爲對比，案上放著一台筆記電腦，鍵盤答答聲不絕。

宅子主人不僅要應付青丘老家壓制的政令，對內又要消滅反抗新主的聲浪，還要與外族斡旋日光和水土供給。用人間的算法，毛氏的新族長要三天才能分批睡滿青少年發育所需的八小時。

堂下擺滿鮮花素果款待投誠的客人，鴉頭一邊咬著甜得出水的蟠桃，一邊看著頂著眼鏡辦公的纖弱少年。

「小毛，你眞的不來吃嗎？」

「不了，妳請便。」毛嫱頭也不抬地回。

「我說，我周遊列國，第一次看到近視的狐狸欸！」鴉頭有意攀話，奈何毛嫱完全不想理她。

「這不算什麼，他還因爲辦公桌坐太久，便祕又上火，差點得痔瘡。」門外走來穿著黑色短旗袍的少女，側頭梳了個小髻，髻上插著蝴蝶簪子，流蘇直垂至肩。

美麗的少女在狐族不稀奇，幾百歲的少女多得是，但旗袍少女兩手捧著公文，一腳用來端茶水，一腳用來走路，還能搭上鴉頭的話匣子，讓皮家小狐不禁爲她的特技表演喝采。

毛嬙在堂上折斷一枝墨水筆，又默默換了另一枝。

「眞假？他人身也才十四歲。」說到這，鴉頭壓低聲音。「好丟臉喔！」

「就是啊，也不想想自己幼年差點病死，都不愛惜自己身體。」旗袍少女把公文疊上桌上永不消滅的文件堆，再倒了茶水遞到毛嬙面前，看他喝個兩口才把腳安心盤上肩膀。

「夜錦，妳瑜珈在哪裡練的？能不能變回原形再表演看看？」鴉頭是那種喜歡邊吃飯邊看電視的狐狸，總被媽媽碎唸。

「自學的，很好奇人身的極限在哪。」旗袍少女款款笑道。

夜錦所屬的夜家是毛氏旁系，一直都不太引狐注目，不知道是不是低調慣了，連疫病都沒找上門；再者，毛氏原本的掌權者毛姬被毛嬙用計囚禁起來，所有親信都被趕了出去，沒人可用，於是夜家就入主毛氏的中樞。夜家認爲，這都要感謝夜錦和毛嬙的交情。

少女堅稱她才沒有跟政變扯上邊，無恥的事都是毛嬙一隻狐幹的，但族人難得被重視，不太在意毛氏內部的矛盾和隱情。

夜錦的職位差不多像是族長祕書，管毛嬙吃喝拉撒，沒意外的話，應該也會做他傍身。毛嬙分給她一個新宗主的願望，夜錦預料到他上位一定腥風血雨，不想去看，只請求讓她定居人世。

她和小毛有緣分兜在一起當朋友，也算了解彼此，卻不認同對方的價值觀。夜錦覺得有些遺憾。

一旁電話鈴響，夜錦對鴉頭露出抱歉的微笑，單腳空翻去接了電話，應答幾聲，原來是秦麗打來的。

毛嬙要接，夜錦無法，只得把家用電話施法變成行動分機扔給他。毛嬙用厭惡的表情、甜美的笑語向秦麗打招呼，秦麗立刻連珠炮抱怨個沒完。

「毛毛，你知道我媽有多煩嗎？什麼都要管！連傍身都要幫我挑，我要跟小袖一起她又不是不知道！你乾脆不要選宗主，也來幫我好了，這樣我和小袖結婚才會請你吃喜酒。」

毛嬙一連扳斷兩枝筆，還能對秦麗討好應道：「呵呵，你要堅持住，繼續和阿姨抗爭，這樣她才會知道你的心意，加油喔！」

夜錦示意這種垃圾電話快掛斷，不然毛嬙一定會迸發痔瘡，秦家大少爺實在太欠揍了。

鴉頭暗中觀察著毛嬙，認爲有手段的候選人還是挺不錯的。秦家本身人才濟濟，不欠幫手，而且秦麗就是個不中用的花瓶少爺，萬一給秦公子當上宗主，如果沒有秦媚在背後指導，國家說不準就亡在紈褲手上。

本來傻就算了，秦麗傷害胡理的消息傳出來，鴉頭就想，既然秦公子不顧念族人情誼，那麼投效毛嬙也差不多，即便那是毛嬙一手造成的局。

等秦麗的廢話電話結束，鴉頭順口提了胡理受傷的事，直誇毛族長英明，一箭雙鵰，夜錦倒是難以苟同。

「我認為那是他至今做過最蠢的一件事，設計就設計了，還特別擱下工作跑去人世偷看，被蚊子叮了一堆包。這就算了，還去跟胡家公子表明身分，這不是自打嘴巴嗎？」

夜錦用頸子旁的腳掌拍下案桌，她本來就討厭卑鄙手段，胡理又不是什麼賊人，還是毛嬙的恩人，氣死她了。

「妳閉嘴。」

煩他那麼久，鴉頭終於聽見毛嬙應聲，笑意溜過眼底。

「毛，小時候的事，只有你時時刻刻放在心上，你知道這會變成你的軟肋嗎？像你這種旁人眼中的壞蛋，一旦出現弱點，就會被踩得體無完膚，你明不明白？」夜錦就是本著放心不下的心態在輔佐毛嬙，要是換作別的混蛋，她早就暴打一頓，甩爪而去。

毛嬙抬起眼鏡下幽深的黑眸。

「妳錯了，他也記得我。」

夜錦同樣回以一雙黑眼珠，死瞪著毛嬙，好在她勤練瑜珈，吸氣吐氣，不然早被他弄得中風。

「你既然念著他的好，爲什麼又要傷害他？你是哪來的笨狐狸啊！」

「那是兩回事。」毛嬙推了下眼鏡，又低頭處理公務。

兩隻狐僵持不下，鴉頭輕笑插了嘴。

「叫二中，人類社會讀二中的人都有類似的病症。」鴉頭端出博物學者的架勢。

「關二中什麼事？我男朋友就讀二中。」夜錦不解。

「小毛，你病情有點嚴重，轉到一中去吧。」鴉頭像個大師指點毛嬙，毛嬙沒理她，可能早聽出她在胡說八道。

「這個很難，我男朋友爲此努力了三年，還是在二中。」

「妳男朋友眞是太可悲了。」鴉頭一臉憐憫，也不知道爲什麼話題會轉到名校光環來。

「對呀，他總說一失足成千苦恨，他在學力測驗那兩天吃壞肚子，從此人生一片黑暗。」

「這種短視近利的貨色，分了吧？」

夜錦露出無奈的笑容：「也沒有多喜歡，只是我怕分手他會想不開。」

鴉頭雙眼一瞇，決定棒打鴛鴦。

「妳小心點，像秦家大娘口口聲聲說和那個黑社會老大只是義氣之交，結果跑去幫他擋子彈，弄得內功散得七七八八。」

「沒這麼嚴重吧？我那個不過是個二中男，假日一起到咖啡店唸書而已。」

「你們說和人類玩玩都不能相信，要嘛就像胡理表哥，把喜歡人類掛在嘴邊，讓那些人心甘情願為他出生入死，才是狐狸精的典範。」

「鴉頭，既然那麼喜歡人家，就去投靠他啊！」夜錦柳眉倒蹙，雖然明白敵軍有聖人君子，但總是想維護自家兄弟。

「哎呀，我忘了我現在是毛家的狐，抱歉。」鴉頭見毛嫱根本沒理會她反骨的見解，笑容提高三分。

安靜一會，毛嫱以為耳根子終得清靜，不料兩隻少女狐狸又大剌剌聊起二中男朋友。

「他國中是全區模擬考第二名，還去調查第一名身家，我覺得他有偷窺狂的潛力。剛好他追蹤的第一名就是胡理表哥，我因此從他身上得到不少情報。」

「天啊，妳男朋友好噁心！快點分手啦！」鴉頭捧頰尖叫。

夜錦又為男友找了幾個爛藉口，繼續分析敵情。

「胡理表哥照理說一中手到擒來，不然也會選讀離家最近的附中，最後卻上了個名不見經傳的小學校，優點只有制服好看，水手服喔！」

「妳見過？」光是胡理一身油膩炸雞排的樣子，鴉頭就覺得好看到不行。

「我男朋友拍照給我。」

鴉頭想咒罵兩句，夜錦立刻搶話。

「他不是變態，只是想知道胡理表哥屈就爛校的原因。」

「夜錦，愛情使人盲目啊！」鴉頭恨鐵不成鋼，「不過到底是爲什麼？好想知道！」

「我男友說，胡理表哥是爲了他國中的小情人。」

「爛死了，這什麼答案！」鴉頭百分之百確定胡理沒女朋友，臨走前有問過。

「別急，且聽我道來！」

「妳們小聲一點。」

「我男友爲了印證假設，到那間學校附近埋伏，吃了半年早餐。」

「這男人很有問題啊，妳確定他沒看上胡理表哥？」

夜錦有片刻懷疑，後來才堅定地表示她男友不好那一口。

「他說胡理表哥的小情人很嬌小、很害羞，表哥點什麼他就吃什麼。不過一年後再去，只剩一個高挑的男孩子對胡理表哥抱怨生長痛，再也不吃蛋了。」

「分手了？」毛嬙忍不住插話。

「對，分手了。」夜錦覺得這結局有些哀傷。「毛，你想知道表哥情史就跟我們一起八卦呀！」

不小心搭上話的毛嬙惱羞成怒：「給我滾出去，妳們這兩隻八婆！」

♛

胡理隻手端著袖珍本文學等他傳聞中的小情人，桌上擺著茶葉蛋沙拉和蘿蔔蛋濃湯。這間早餐店總是勇於推出有關蛋的新品項，胡理個人很欣賞這點，有什麼新菜色就點來嚐嚐，大部分都在接受範圍內。可惜一般人只想要漢堡、吐司等制式產品，老闆娘的新菜鮮少推銷成功，很快就下架了。

箕子蹦蹦跳跳出現在早餐店門口，似乎心情很好。

「阿理，早安安！」那個疊字絕對是故意的。

「早，白痴。」

箕子興奮坐下，把椅凳從胡理對面移到他右手邊，然後小鳥依人地把腦袋靠上胡理肩膀。

「理哥哥～」

箕子一氣呵成幹完蠢事，隨即把椅子挪回原位，上半身往後，拉出胡理不起身手臂就打不到的距離。

「你幹嘛？害老闆娘都興奮得把蛋打出泡來。」胡理低聲斥責。

「沒有啦，鬧你一下。」箕子朝一直以來誤認他們關係的早餐店老闆娘打記響指，點了鮮蔬炒麵。

胡理自個兒倒能推測出七、八分。近來他都在應付表弟們的爛帳，以往他可是專收箕子爛帳的監護人，箕子大概覺得地位不保，特來提醒胡理他也是麻煩精小弟之一喔！

「阿理，我昨晚作了一個好夢！」

「哦，說來聽聽。」胡理判定箕子今早腎上腺素有點高，那白目的笑容看起來特別刺眼。

「我夢到你變成半身大的雪白狐狸，抱著睡好舒服，你還幫我蓋被子又穿圍裙煮味噌湯給我喝。看你皺眉切蔥的倩影，我就好想叫你一聲媽。」

胡理冷眼以對。

「箕子，你把上星期四晚上和星期六中午發生的事與你的妄想混在一塊了，把我夢中的尾巴放開。」

「阿理，沒想到你解起夢來也有一番見地。」

「我只是直述事實好嗎？」

胡理昨天和小妹經過一番有關箕子的深度探討後，重新審視起友人。

他和箕子說來也算有緣，小學就同窗過了，只是他因爲外公家那件事早早轉學，沒機會認識；國中同校不同班，幾乎沒講過話，直到箕子跳樓未遂才熟絡起來。

而在國中畢業之前，箕子都在他身邊繞著，每天帶著不一樣的進口糖果進貢。胡理可以看出箕子顯而易見的討好，叫他不要這樣。同學們嘲笑箕子笑得更明目張膽，連胡理站出來罵都止不住。

當時箕子只是抽噎著請求：「我想跟你做朋友。」那口氣就像篤定他會拒絕一樣。然而過去那個全天候預備掉淚的男孩子，時至今日已經能一臉淡然地勸慰他：人都會長大。

胡理不由得感慨，如果箕子的開朗自信能不要往自目偏過，再正常一點發展就好了。

「阿理，開開玩笑嘛，如果太超過，你要跟我講。」箕子笑笑冒出這麼一句，胡理不禁又把過去總是害怕被人討厭的瘦小箕子重合起來。

「太超過我就揍你，沒關係。」胡理不是熱情的人，當對方想試探能否更進一步，他最多站在原處搭個手而已。

箕子偏頭假裝打哈欠，硬把眼眶裡的油油水水擠回去，再一派自然面對胡理。

「箕子，你媽來找你嗎？」胡理今早就是預備來商討這件事。

「嗯，她在外面欠了點錢。」箕子不以爲意地回話。「新時代女性嘛，投資失敗難免的事。」

箕子母親是個愛慕虛榮的女子，胡理見到她幾面都在補妝、對電話放聲大笑，喜愛遊走在吹捧她的男人之間，不久後外遇罪證確鑿，被訴請離婚，丈夫一毛錢都沒給她。

箕子本來想跟他母親離開，他父親有暴力傾向，而且人家都說母親比較善於照顧小孩。她卻叫箕子爲她著想，身爲新時代女性，她的大好人生不能被孩子犧牲。

那是國三暑假的事，胡理站在一旁聽著，明明天氣炎熱，卻覺得寒意由心頭蔓延到四肢。

「你怎麼辦？」

「幫她啦，從此兩清也不錯。」箕子提起精神一笑。「阿理，這次我自己解決了家務事，誇誇我吧！」

胡理沒被他糊弄過去，追問：「你哪來的錢？」

「我可是預備國師，跟申家預借一點薪水。」箕子食指和拇指比出一截小縫。「你別擔心，等我畢業，做五年就回本了，還在適婚年齡。」

胡理心裡那股縈繞的不安終於衝上腦門，他將要前往異世，就輕忽了人間那個纏繞他十年的夢魇。

外公這些年好不容易打點好政商關係，準備周全，終於要邁向王者之路，卻病情告急，一定非常不甘心。

早餐店外，陸續停下一排高級轎車，綿延至街角。

一群打扮得像特務的黑西裝分子，安靜包圍住早餐店。

「箕子，他們借你多少？」胡理喝完最後一口濃湯。

箕子有些茫然：「兩千萬。」

胡理還算滿意這個行情。

領頭的男子過來，裝模作樣向胡理往外一擺手：「理少爺，請。」

胡理起身掏出零錢，跟嚇壞的老闆娘結帳，誠懇向她致歉。

箕子認出這是申家的人馬，不明白這是怎麼回事。

「阿理，別去，是壞事。」箕子腦袋亂糟糟一片，卜算吉凶卻什麼也看不到，可見胡理這個劫難和他脫不了干係。

「我只是去作客，不會有事。」胡理輕聲哄著箕子，「想想你求助無門的母親，還有別告訴我家人。」

胡理順著對方引領，從容穿過層層人牆，直到最前頭的轎車，舉止彬彬合宜，沒有一絲慌亂，好像這些申家派來挾持他的私衛都是他的隨從，深具當年申大小姐的風範。

「請不要妄想逃脫，我們已截斷你所有生路。」男人說著。

「說什麼？我這是要去探望病重的外公。」胡理微微一笑，「那麼久沒見，他老人家應該很想念我吧？」

走這一趟，讓胡理眞正明白，他終究不是當人的料子。

第十三章　申家

十年前，胡理也是坐在看不見窗外風景的轎車中前往申家。

他還記得當時穿著整套新衣服，拎著母親親手做的小布包，裡面放著要給外公的禮物，所以他很小心地拿好包包。

申家戒備森嚴，大宅子住了許多人卻寂靜無聲，和熱鬧的華中街很不相同。胡理第一次隻身來到全然陌生的環境，舅舅、阿姨露骨的打量讓他有些膽怯。他握緊小手，鼓起勇氣朝他們露出笑容，他們回以微笑，讓他安心不少。

他瞥見大廳座上的老人，眉眼和母親有些相似，還沒上前打招呼，老人就撐起拐杖，繃著老臉來到他面前。

「外公，您好，我是胡理。」他恭敬欠了欠身子。

老人望著他，嚴肅的面容似乎軟化幾分，讓胡理以爲他和以往認識的老人家沒什麼不同。

「你母親的地方早被清出去，沒房間給你住。」

胡理一點也沒受到威嚇，只是朝老人眨眨眼：「傷腦筋，我該怎麼辦呢？」

「來，跟阿公一起睡。」外公握住他的小手，胡理還記得滿布皺紋卻柔軟的觸感。

當晚祖孫倆在榻上相談甚歡，胡理努力想要補足彼此七年來的空白，使出渾身解數，又按摩又撒嬌，要讓外公喜歡上他。

外公笑起來和母親很像，胡理覺得可以靠近一點。

他趴在外公腿上入睡，那隻手撫著他的背脊，他依稀聽見老人哽咽地說：「小理，你知道嗎？阿公一直很想念你和你母親。」

他抬起腦袋瓜，親暱蹭著外公的手——既然如此，阿公和小理就不要再分開了。

那時，他還太小，不曾吃過半點苦頭，對人類的認識還相當淺薄，重重摔了一跤。才知道，幻象不只是妖魔的專利。

胡理被押下車前，被強迫打了幾針，意識混沌不清。

他在申家家丁的挾持下，昏沉走過申家庭院，幾個孩子跑出來看熱鬧，指著他，嘻嘻笑著：「是妖怪耶！」

胡理努力想看清纏在孩子背後的黑影，卻被以爲是在詛咒他們，舅媽和阿姨連忙把兒女抱進室內。

他被帶到離大門最遠的院落，進了電梯，往下到禁錮過他的地下室。環境煥然一新，牆壁被漆得雪白。胡理自嘲想著，除了藥水味重了些，還可以接受。

他被帶到像是生物實驗桌的長形大理石床，安上爲他量身訂做的手鐐腳銬。這些刑房用具即使仔細保養也看得出有些年代，被地下室濕氣鏽蝕了幾個連接處，不是新玩意，胡理粗略估計這是三年前完工的牢房裝潢。

也是在三年前，華中街十五歲以下的青少年全被逮捕歸案，罪名是販毒。

那時胡理早該懷疑他們揮霍的本錢從何而來，可是等他發現時，一切都太遲了。

鄰里雖然用力咒罵兒女傷天害理活該捉去槍斃，但夜裡總是響起鄰人無助的哭聲。藥頭供稱主要看上華中幫未成年，還有自小習得的生意手腕。他們的父母從早到晚忙碌不堪，沒有時間管束孩子。

口供一出來，大眾紛紛指責華中街的人爲了賺錢連孩子都不要，貪婪的畜生，還造謠是爸媽指使兒女去賣迷幻藥。

胡理每天去看守所探望華中幫小子們，一開始還能罵兩句，到後來只是茫然看著低頭啜泣的鄰居弟妹。警察在旁邊嘆息：新聞鬧這麼大，這些孩子以後玩完了。

胡理意識到這件事約莫和自己脫不了關係，外公一定記恨著當初華中街罵他是吃囡仔的畜生。

母親託人私下調查，確定和藥頭拉線的主使者是申家預定的接班人，也就是外公的長孫。據事後大表哥在酒店和一群漂亮女人炫耀：同樣是賣藥，窮人就是該死。

果然是申家，又是他的錯。

得知眞相後，胡理帶著華中街所有招牌菜去探監，引起一陣騷動，被看守所的人警告下次不准再拿這麼引人犯罪的美食過來。

華中幫的孩子不再像一開始那麼膽戰，只要有阿理大哥在，就不信誰敢欺負他們。

「理哥，今天不是國中學力測驗嗎？」

「我有去考啊，那個很簡單，一下子就寫完了。」

胡理在心底發誓，一定要救他們出來。

他在看守所接到外公的慰問電話，好像彼此從未有過嫌隙一樣，邀請他來本宅一趟，爲免他固執愚昧的母親生氣，還請瞞著他家人。

胡理雖然不再是小孩子了，但怎麼也掩藏不住話裡的無助，一口應下，只要外公保證會放過他的弟弟妹妹。

轎車等在外邊，他上車就被按住口鼻，車子急駛而出，突然衝來一道人影，砰的一聲，他看見碎花裙揚起，然後再砰一聲，母親墜落在滾燙的柏油路面。

當下他腦子完全空白，只是下意識嗚嗚叫喚，母親似乎聽見，四肢動了動，一身血淋爬了起來，攀上轎車引擎蓋，用力拍打車身。

「你們要把我的孩子帶去哪裡！」母親拋下所有修養，像隻母獸嘶啞吼叫，震懾車內挾持他的人馬。

申家還是忌憚著母親，和下賤的他不同，母親可是血統高貴的千金子。

他被放出來，一觸摸到母親，母親緊繃的身子就放鬆下來。

母親一邊膝蓋被撞碎，從此不良於行，身子狀況也一落千丈，但她還是露出歡欣的表情，因爲總算是毫髮無傷、成功地保住了他。

那一次多虧母親給外公政敵提供消息，換回華中街的孩子，下次就沒有這個機會了。

經此震撼洗禮，胡理隱隱察覺到有什麼不對勁的地方，除了向來嘴賤的父親，沒有人罵他一句，都覺得他無辜可憐，華中街鄰里即使差點失去親生孩子，還是百般維護著他。

有違人情，不應該如此。

他想起宗主說過，他父母得上天垂憐，育有一女，而他是天生的妖魅。

他開始有意避免和人深交，只剩箕子因母親所託，不得已義務看照。

通訊錄全面死絕的情況下，他和箕子的交情比過去國中的朋友還好，他觀察過，也比同年的孩子熟絡許多。

每次箕子說：「阿理，你對我太好了吧？」他都得回頭想是何年何月的哪件事。

雖然刻意壓抑過，但胡理感受得到，箕子非常喜歡他。

他認爲這是他應得的報酬，沒有多去抗拒。

記不起教訓，所以箕子就被捲進他和申家之間，成了最後的犧牲品。

胡理怨恨申家、外公，不是因爲他們在他身上造成的傷痛，而是剝奪了他盡情愛人的權利。

胡理在石床昏睡一陣子，大約接近中午時分，有人捧著一團血肉端到他面前，未經處理的肉類腥味讓胡理不住作嘔。

「表弟，你還記得我嗎？」年輕人微笑招呼著，不過二十來歲便頭髮稀疏，兩枚眼窩凹下發黑，應是酒色無度的表癥。

胡理眞的不記得了，他對人和毛球的記憶力不是同個等級。

「是我把你的頭整個塞到狼狗嘴裡，你竟然忘了。」

申家的大表哥把肉團拿起來，用肉團前肢拍打胡理的臉。

「你猜猜，這是什麼好東西？這麼高級的飼料，我們可是找了好久。」

胡理閉眼，定下心去想在健教影片中見過的形體，是人的胎兒。

「我都餵狗吃生肉，你應該也會喜歡吧？不是說妖怪吃人可以增加力量？快吃。」

申家長孫單名一個「禮」字，也註定他缺乏仁義和廉恥。

胡理不覺得大表哥是能講道理的人類，對方泛黃的眼中沒有一絲清明。這人在外又被包裝成年輕有爲的大好青年，大學一畢業就準備被推上政壇。讓廢物得權就算了，竟然還神經不正常，下一代的老百姓怎麼這麼倒楣？

申禮把肉團一隻手擠到胡理口中，看胡理把早上的食糜吐出來、雙肩輕微顫抖著，不由得開懷大笑。

胡理感覺到胃在洶湧翻攪，他的體質本來就不能接受生食，上次被箕子糊弄吃了一口生雞肉，害得小袖在廁所外擔心他會吐死在馬桶上。

「儀式可以開始了。」申禮逗弄過後，才被站在一旁的舅媽催促著辦正事。

胡理被幾個道袍男人架起來，他們好像對他說了「抱歉」，但他沒有眞正聽清楚。

佣人推來一台菜市場常見的碎肉機，舅媽掩鼻要兒子放下死嬰，但申禮卻拗著舅媽要自己動手，他要親自摧毀一直以來隱隱威脅著他地位的對手。

祖父眞正想要的繼承人是這隻小狐狸精，不時在他面前說起，要不是長生不老和外孫之間只能二選一，早就把胡理接來身邊教養。

肉團被扔下之前，胡理恍惚見到胎兒朝他睜開眼，乞求一絲憐憫，然後「吱」的一聲，血肉模糊流出。

請來的高人指示申家，先讓妖物吃了人，再殺他才叫替天行道，這樣虐殺他就能變成功德一件。

胡理以為生而為人，殺人和殺雞殺豬終是不同，但申家告訴他，其實都是一樣的。

他被強迫灌食，再吐再餵，申家有幾個旁觀的孩子看了妖怪的蠢樣，忍不住引頸偷笑。胡理看去幾眼，小孩子纖細的項頸就像他父親第一次教他如何絞住的雞脖子，很輕鬆就能扭斷。

申家不知道，在胡理眼中，申家和大宅子外面的凡人也都是一樣的。

胡理沒有求饒，只是反覆說道：「我要見外公……」

他們說，畜生不需要衣裝，扒下他齊整的學生制服，讓他赤裸跪在冰冷的床上，看他細秀的髮垂在白皙頸間，不禁讚歎真是隻漂亮的畜生。

申禮把手探進他的大腿間，胡理冷冷瞪著他。申家長孫什麼經世治國的學問都沒習得，但威逼那套倒是盡得真傳。

「你忍著，我就不碰你妹妹。」

聽見胡袖的名字，胡理突然暴跳起來，隨即被人用力壓制在石床，額間撞出血花。

申禮看原本泌泌流著鮮血的傷口沒幾下子就止住血勢，復元長出新皮，便叫人快拿刀具來，躍躍欲試。

「胡鬧！」突然響起老人的喝斥，任憑申禮也只能乖巧站定。

胡理半趴在病床，發出哽咽泣音。

「外公……」

老人被聲音吸引，不自覺推動輪椅接近石床，兩個法師攔住他，勸告最好不要太靠近瀕臨崩潰的狐媚子。

「外公，我是胡理，您不認得我了嗎？我知道您生病，還特地和狐仙討了長生藥，您都被他們騙了。」

老人看胡理四肢都被抓得死緊，決定斥退申禮，再演一段慈祥外祖父的戲碼。

「什麼長生藥？快告訴阿公。」

胡理伸首靠去，貼近老人耳畔，故意模仿七歲時撒嬌的聲音。

「外公，我告訴你，人，都會死喔。」

老人勃然大怒，重重往胡理姣好的面容摑下巴掌。胡理噙著笑和血絲，一派純眞望著老人嘔出黑血。

他像獸一樣四肢伏地，低低笑了起來，笑聲迴盪在地下室間。

申家成功毀去一個謙良的少年，只是突然有些害怕。

老人被推向醫療間，醫生說等不及了，高人們也說要抓緊時間，否則讓妖精蛻變成妖魔，這個家所有人都會被這個大劫吞噬下去。

他們剝去狐妖的皮，相信沒了毛皮，妖怪就不能再變化。他們以最熟稔的手法割下一層又一層，新皮卻又瞬間長成，好像怎麼也沒法毀去他的容顏。

沒有止血，很快地，大理石床被染成紅色，指爪掙扎的幅度也愈來愈小，終於，儀表上的波動圖示變成直線。

醫師鬆了口氣，判定器捐者死亡，接替法師的位子，剖開胸腹，拿出溫熱的臟器。臨走前還看了眼雙眸半闔的少年，從未見過有人死去的模樣能如此美麗。

「好好守著，只要等天雷下來……」術士交頭接耳。

雷聲大作，他們還以為天譴來了，就要開通地下室隔層，引天井的電光消去妖物屍身，沒想到通道處殺來身揹古劍的少年，手持雷符，剎那間，滿室電光霹靂，代表他滿腔怒火。

「混帳，放開那隻狐狸精！」

對方的法術還很生澀，應該習道不久，但是力量相當驚人，外面守備的術士就是輸給他無須休整的法力。

「為道之人竟然以多暴寡、恃強凌弱，你們有種就給我說清楚，他到底做錯了什麼！」

金亮的閃電消散，緊接而來是紅符捲起的烈焰。

眼尖的人認出，上面咒文既不是向自然借取，也非自身修煉的能力，而是消逝在洪荒之中的上古神祇咒印。

法師互相使眼色，決定避開少年道士的鋒芒，任其力竭而盡。

箕子看他們讓出一條路來，也不再窮追猛打，喘息著走來石床邊。

「阿理，你怎麼光溜溜的？他們還眞是群變態。」箕子抽開古劍，斬斷胡理四肢的鎖鍊，再低身去扶像是趴睡在床上的胡理。「我回家找幹架的家私，耽擱一點時間，你不用怕，我馬上救你出去。」

他摸到滿手鮮血，心頭一沉，顫抖去摸胡理的鼻息。

「阿理？」

這一刻，箕子這些年來強撐的瀟灑全部瓦解，他伏在他心跳停止的胸口，痛哭失聲。

第十四章　師父

箕子曾經非常討厭胡理，三百六十五天都在詛咒風靡國中女生的狐狸王子。

只是他的能力從以前就脫線兩光，專門危害親友，對敵人一點用也沒有。

胡理的存在讓被同學排擠的他顯得更加卑微，他成績不好，運動欠佳，還會無故驚惶大叫，大家都說他有病。

好在他還有家作避風港，爸爸媽媽也說他有病，但父母絕不會拋下孩子。

直到他夜半聽見爸媽爭吵，不停重複「離婚」這個詞眼，老天爺竟然連這點容身之處都不留給他。

他心情浮動的時候，更容易把那些「東西」引過來。那天體育課結束，班上所有玻璃物品無故碎得徹底，而只有他不舒服在教室休息，所以他就是犯人。

他被班上那幾個小流氓押上頂樓，男女都有，扒下他的褲子換上裙子，看他怎麼下來見人。

他好想回家，想起爸媽討論他的歸屬，父親說：「婊子生的，自己處理。」母親回：「與我何干？」

他這輩子似乎一件好事都沒有。

那些東西牽引著他，要帶他到沒有痛苦的彼方，他聽見呼嘯風聲，正要展翅飛往自由的國度，卻突然被人從背後攢住，一道摔在水泥磚上。

他回神見到一張擔憂的漂亮臉孔——那是箕子最怨恨胡理的一刻。

「都放學了，我看你書包還在教室裡，到處找你，好在來得及。」

箕子不能理解為什麼胡理會注意他的書包，他是有多閒？

「這裡不好說話，來，我們先下去。」

他拍開胡理伸來的手，按著羞恥的裙裝。

「真是的，誰那麼無聊！」胡理咒罵著，把自己的長褲脫下來。「交換，裙子我穿。」

胡理就這樣套著短裙，裸著一雙腿帶他回家休息，一路上箕子被湧上的淚水弄得看不清路。

「因為我們同年，就不叫你小箕了。箕子，有什麼困難，都可以來找我。」

事隔多年，箕子還記憶猶新，生平第一次有人這麼溫柔喚著他名字。

「子閒，道士的本源是人，你要是想更進一步，不能抗拒與人接觸。」

師父神通廣大，連他成績單群育被砍到及格邊緣都知道，胡理三不五時就得到高中學務處領走和老師同學起衝突的他。

「回師父的話，我有和阿姨通電話，收了一幫小弟小妹，還有偷偷設結界保護一整條人類的街道，我沒有跟人處不來。」

透過紙幕，男子凝視著他，輕易看穿他的人際關係是兜著誰打轉。

師父說，就當爲了別白費他這些年來的苦心教導，快快離了那隻狐媚子。

師父的話總是眞理，只是他辦不到。

「師父，恕弟子冒犯，您有朋友嗎？」

他第一次讓男子回不了話，心裡非常過意不去。明知大多修道之士總是一生孤苦，隻身來到世間，又孤身離去。

「我有朋友喔。」他像個孩子炫耀著，對方可以爲他穿裙子，代他受人白眼。「那個，像兄弟一樣。」

「小雞，師父不是迂腐，實在是師父『看不見』你們有好結果。」

師父的話總是對的，只是他青春期叛逆，捂住耳不去聽。

本來只有五感，必須依賴軀體去感應環境，聽看聞嚐觸碰，在他重新清醒後卻多了什麼，連帶這個世界也變得不同。

他能那麼快結束長眠，多虧另個生命體充沛的靈力源源不絕湧入他體內，年輕而充滿能量，如果吃了對方……

「嗚嗚……阿理……不要離開我……阿理……」

——一定會拉肚子。

胡理回復意識，勉強抬起手，按著箕子的蠢臉，好一會才適應沒有吐息的發聲方式。

「你……來做什麼？」

箕子抓著胡理失溫的手，抹去臉上的血污，擠出笑容，想令人安心。

胡理覺得自己好像是透過絲線操縱這個軀體，沒有生前來得靈活，即使大腦指示要狠狠揍箕子一拳，也只有拍蚊子的力道。

「阿理，對不起，都是我害的，都是我不好……」

箕子不停道歉，蠢臉都快伏到地上。

胡理快氣炸了，他一點也不想看對方哭泣的樣子。

「我知道讓你苦心白費了，但是我真的不能失去你……」

本來胡理想給母親留一個兒子下來，但到頭來兩個還是都賠在申家手上。

原本退去的法師們又包圍過來，箕子起身想要迎戰，卻發現有些脫力。他要召喚上神來依附，卻怎麼也接收不到祂們的意念。

中家請來的法師可是公會中的好手，不難看穿箕子這點小把戲。

「吾爲天地之乩祈，受身爲眾神之血肉，懇請太上庇佑！」

箕子求了不下數十次，雙手都在地上搥出血痕。

「拜託了，我無論如何也要保住他……懇請太上庇佑！」

眼看黔驢技窮，法師上前動手縛住箕子，不料箕子突然翻身掃落一干身手高強的術者，眼角還掛著淚，眼神卻銳利不同以往。

「怎麼哭成這樣？」「他」心疼摸摸自己臉上的淚痕。

胡理一眼就看出箕子被掉包，感覺很像上次見到的箕子三號。

「來者何人！」眾術士帶著幾絲驚恐大吼。

箕子三號對包圍上來的高人們燦爛一笑。

「哎，敢動我家小徒弟，你們活太膩了是吧？」

箕子三號旋身一腳掃落兩名持劍的法師，又在那些倒地的敵人身上蹦蹦踩上兩腳，似乎因爲能放開手揍人，精神格外亢奮。

「年輕的肉體眞好！」箕子三號用箕子的呆臉滿足讚歎，胡理被晾在一邊。

「你是誰……噗！」又一個法師中拳。

「別一直像山魈跳針問我，用頭皮屑想也該知道我不會說，白痴。」箕子三號露出十足的鄙夷眼神，孺子不可教也。

室內的人大致被揍過一輪後，外邊施法結果的法師察覺有變，進來便見到這番令他們驚愕的場景——全場只有那個闖關的少年站著，而該已消滅的狐妖在石床上托頰看熱鬧。

「你是誰！」

箕子三號忍不住翻白眼，右手一彈指，送上清涼的暴風。

胡理昏沉沉撐著腦袋，雖然他難受得快吐了，但怎麼說這也是難得一見人類道士互相殘殺的見習機會。他觀察到箕子三號對上剛才拿著攻擊性法器的法師動拳腳，而面對現在這批沒有武器的就改用術法，雖然嘴巴很賤，但行動依循著某種基本原則。

「我們已經絕閉人間以外的通道，不論神鬼，他不可能召出援手！」對方法師激動指著箕子三號的笑臉。

「他之前在召喚太上，你們這些庸民就當我是天帝老子好了。」箕子三號臉不紅氣不喘說道。

為首的法師手持白幡旗杖，一片慌亂中強作鎮靜，試圖把場面主控權導引回來。

「雖然你刻意隱藏自己道門路數，但我絕對見過你！」

「怎麼可能，人家可是上古天神呢！敢大不敬本尊，叫雷公劈你喔！」箕子三號俏皮眨了下眼。

「你的魂魄能夠穿過我們設下的障蔽，可見你是這個時代的人！」

「或許是飄泊千年的鬼呢，要習慣建立多重假設，別總是單向思考才不會被一個小道士打得落花流水，了解老師的話麼？大笨蛋們！」

胡理發現，箕子的白目其來有自，他師父眞是尊白目大神。

箕子三號見中家豢養的法師差不多全員到齊，才回頭望向胡理。接觸到他凜凜目光，胡理反射性縮住手腳，像是被看穿什麼。

「對了，那隻狐在重生前一直是人身呢。也就是說，你們這些修道者活活弄死一個無罪過的孩子。千萬記得你們剛才剝幾層，下地獄就報給鬼卒該剝幾層。」

法師們不由得臉色大變。

「哎哎，公會早該聽我的話，設限白痴不許入會——看看你們這群頂著道者之名，助紂爲虐卻自以爲能在天道底下善終的白痴！」

箕子師父斥責完，隨即天搖地動，建築物承受不了急震，大片傾頽下來。等胡理再張開眼，過去數度成爲他夢魘的禁閉室已成廢墟。那些曾經讓他恐懼、振振指控他是妖孽的道袍人類倒在瓦礫下哀號，與凡人無異。

「輪到你了。」

胡理看向身前隻手爲他擋下塌倒牆垣的「箕子」，目光閃動。

「你以爲自己很無辜麼？」少年冷聲質問道，依然不是箕子本人。「你騙得過他，可絕非我的對手。」

胡理幾不可聞笑了聲，然後發出無助的泣音：「箕子，救我……」

箕子身體不自然抽動了下，他的師父只得分神強壓制住原身的躁動。

「子閒，當斷不斷，反受其亂。」

長輩苦口婆心怎麼也比不過少年胸腔的義氣熱血，而且胡理有自信，箕子就算背棄師門也絕不會動他一根寒毛。

箕子右手舉起古劍，就要刺穿胡理之前，被自己左手急急擋下，劍尖插進胡理臉旁的石床。

箕子眼眶淌著淚，口氣卻冷淡得冷漠。

「你是自古人類最忌憚、純粹不過的狐魅，專門奪人之心。」

胡理聽見自己的聲音張狂笑著，似乎很高興終於有人明白他了。

「奪人之心，不是一時皮相迷惑，而是要他人視我如飲水空氣，沒有我就無法存活下去！」

胡理維持四肢伏地的姿勢，現出隱藏許久的大尾，全身竄起類似剝皮的痛楚，毛尾一分爲二，再分爲四，終得八條與大理石床相映的雪白狐尾。

然後，有了如縷的呼息，開始以另一個身分存在於世間。

胡理癱軟著四肢，爲人的理智回到腦中，沒想到自己也不是多了解心中眞正所想，還要人來捅破他習慣做作的外皮。

他給那人磕了記響頭。

「道長，請放過我，我只是喜歡人類，非常喜歡……您也不要責備箕子，他也只是……回報我的感情罷了……」

箕子三號眼中對他的敵意絲毫未減。

「奪人心前，我先捧出了自己的心啊，想要受人喜愛有什麼不對？」

胡理覺得非常委屈，全心付出卻遭到外公殘忍對待，到後來連盡情愛人都是錯的，只因爲他不是人類。

「你幾乎毀了這孩子。」

箕子師父只一句話，就抹去胡理自以爲的無辜。

「你到手之後，還不是像他父母一樣輕賤了它？」

胡理竟然沒有辦法否認。

他沒有和箕子提過要去青丘的事，或許從此都不再回來。箕子也說自己長大了，能獨立自主，時間久了就能體諒他的苦衷——幾乎和箕子父母同一套想法。

——謝謝你，從來沒有人對我這麼好過。

——阿理，吶，我們做個朋友吧？

一直都是。

一直會是。

「阿理，你怎麼哭了？」箕子恍惚睜開眼，整個人搖搖欲墜。

「想到差點就跟你這白目死在一起，難過得不能自已。」胡理哽咽地說。

「那也不錯……」箕子往前栽倒在胡理懷中，兩人一起跌坐下來。

胡理把友人緊緊抱在懷中，不得不承認，自己終究是錯了。

胡理穿回染血的制服，揹著箕子走出後院。出來時，天色已經大暗。

中家的人一個不漏地圍在前庭，木然望著胡理，他們的身影幾乎要和黑夜融在一塊。

「大舅，外公還好嗎？」

「還昏迷著。」

胡理沒想到彼此還能平心氣和地交談。

「那我走了。」

他不曉得自己過去爲什麼要受他們風言風語左右，說了許多害父親傷心的話。比起他，這種轉眼間就老死的生物，實在太卑微了。

胡理挪了下背後的重物，輕聲說：「箕子，回去了。」

♛

胡理走到箕子寄住的鬼屋前路口，箕子才悠悠轉醒。

醒來也只是把臉埋在他肩頭，既然醒來腳也沒斷，那就別扒著他胸口不放，還以爲自己是三年前的嬌小雞仔嗎？

胡理背過身，倒退去撞箕子家鐵門，箕子才唉唉叫爬下來。

「阿理，今晚星星眞漂亮啊，哈哈哈！」箕子憑著滿腔熱血殺去申家英雄救美，還沒想到救出來後胡理會怎麼修理自己。「打個商量，你打我之前，能不能先誇我一聲？」

箕子努力陪笑，胡理面無表情望著他。

「你那兩千萬怎麼辦？」

「阿理，這就是你不對了，還代我跑去賣身。我欠的錢，關你什麼事？」

「怎麼不關我的事！」胡理吼道，箕子眼眶瞬間紅了一圈。「這麼大一筆錢，這麼嚴重的問題，爲什麼不找我和我媽商量，你以爲你很了不起嗎！」

「我爸媽都不管我了，你管什麼！我又不跟你姓！我每次想跟小袖走近一點你就罵我，你根本就沒把我當一家人！」

「你就是這樣，總是把自己想得很可憐、沒人愛！什麼叫我沒把你當兄弟？你有種再說一次！」

旁邊住戶有人開窗來罵，叫他們少鬼吼鬼叫。箕子住家跟著冒出白影往抗議的人家飄去，很快地，罵聲安靜下來，只剩下尖叫。

箕子想辯回去，但還是不敵胡理長年來壓在他頭上的威勢。

「阿理，對不起，我錯了。」

「我也對不起你，生不出兩千萬給你，你一定自己一個人煩惱很久。」

「喂。」箕子覺得這聖光光環太過刺目。

「箕子，除了我妹，我都應該資助你生活一切所需。我答應過母親要照顧到你成人，這是承諾。」

箕子有種不好的預感，跟今早胡理被帶走時一樣強烈。

「很抱歉，我要失信了，你以後不要再跟我有任何往來。」

「阿理，不要啦，大不了我跟師父說以後不當國師了。」箕子急著討饒，這次恐怕眞把胡理惹火了。

「那你這種異能者還能做什麼？你要像你嬸婆只能在底層生活，拿著微薄的收入，忍受旁人異樣的目光？還是要被供奉在高位坐擁榮華富貴？」

箕子被師父問過同樣的問題，毫不猶豫選擇後者，但今日換胡理來問，他卻呆傻說不出話，好像明白了背後要犧牲的代價。

「如果我能照顧你一輩子，那就算了，你敢去招搖撞騙我絕對打斷你的腿。」胡理深吸口氣，不要讓表情顯露出太多情感。「可是，弟，我就要走了，要丟下你了啊！」

箕子完全遮掩不住臉上茫然無措的軟弱樣子。

「箕子，算了吧，就當我們不曾相識過。」

胡理還沒走到華中街路口，遠遠就聽到華中幫小子們的尖叫聲。

「理哥！理哥回來了！」

胡理打起精神微笑，他們卻拿著十幾把手電筒照他，逼得他動手打人。

「好痛好痛，我們只是想確定你是人是鬼嘛！」

都不是，現在是活脫脫的妖怪。

華中街整條歇業，他家門口還停了三輛警車，胡理不禁納悶找個失蹤人口哪需這麼大陣仗。

「因爲發現你的屍體，變命案了。」

「什麼？」

警方在今天上午打撈到一具男屍，屍體被河中砂石磨得毀容，旁邊留有胡理的證件，看來中家早就做好殺人毀跡的打算。

他家沒人沒妖相信他死了，但也怎麼都找不到他的行蹤，胡理思索今晚跪客廳能不能賠回父母的眼淚。

他快步回家，沒想到第一個碰上的人是蕉蕉女警。

「去哪玩了，小妖精？」蕉蕉毫不客氣把學生證往他臉上砸。

「我上學想走捷徑，不小心迷了路，對不起給警察姊姊添麻煩了。」胡理一臉誠懇說道，說完再乖巧一鞠躬。

「哦，迷路迷到被抓去當狗鍊著呀？」蕉蕉眼尖指著他領子下的金屬項圈。「你最近怎麼這麼倒楣啊？」

這個胡理也很想知道。

蕉蕉靠過來，幫他解下被法咒封住的項圈，胡理能感覺她指腹在他頸邊按壓的觸感。

「小狐狸，我還以爲再也見不到你了。」

胡理抬起眼，蕉蕉已經退開，順道把胡理家中的警察叫回局裡。臨走前還拍拍他的肩，叫他好好給家裡人一個交代。

蕉蕉離開不久，接到消息的胡袖披頭散髮從外頭跑回家，臉上汗淚交織，呆呆望著在亮處回眸的胡理。

胡理先朝妹子張開雙臂：「是活的哥哥喔。」

胡袖拔腿撲抱過去，在胡理懷中嗷嗚嗷嗚大哭不止。

「找不到你……到處都找不到哥哥……」

「小袖，乖，沒事了。」胡理哄得心疼不已。

二樓扶梯慢步走下一名女人，舉止雍容，長髮挽得一絲不苟，身著體面的裙裝，胡理一看就知道這是母親要跟申家同歸於盡的扮相。

「媽媽，我回來了。」

「回來就好。」女人倩然一笑。

「爸呢？」

三人安靜下來，聽主臥室傳來公狐狸變回原形嗷嗚嗷嗚的哭聲。

胡理眞想叫害所愛之人傷心的自己，去死算了。

「爲免再發生今天這種意外——」胡理面對雞排攤夫人的和煦容顏，強擰住湧到喉嚨的心虛，擠出試圖迷惑親生母親的美麗笑容。「媽媽，我也要手機。」

第十五章　意動

翌日，大清早，胡家兄妹擠在浴室洗手台前，一起刷牙洗臉。

「哥，你跟箕子哥分手囉？」

「對，在他家門口狠狠甩了他。」

「那，說好的箕子肉呢？」胡袖仰起瓜子小臉，眼中盡是令人不忍拒絕的純眞期盼。

「小袖，我以爲妳肌肉做的腦袋至少能分辨出什麼是玩笑話。」胡理加重力道刷著變得微尖的白牙，還能口齒清晰指責妹子的白日夢。

胡袖一臉失落，胡理只得安慰她人肉一點也不好吃，他昨天半夜還消化不良拉肚子。

「小袖，妳覺得我有沒有雙重人格？」胡理一直對身邊的人小心翼翼，以爲那是母親世家教育的結果，但經昨天仙士點破，說不定潛意識裡只是爲了廣開後宮。

「有啊，看你跟爸比撒嬌都會覺得那不是我哥。」胡袖認眞說道，華中幫有時經過看到雞排攤父子相親相愛，不住讚歎理哥如此嬌羞的一面。

「我才沒有跟那個死老頭撒嬌。」胡理恨恨漱了口，昨晚不免又和父親打上了一架。

「哥，你眼睛好像有點綠。」胡袖在眼前握出兩個圈圈。

胡理惺忪盯著鏡面中的少年，隨即驚恐貼近帶著水垢的老鏡子。不只眼睛放綠光這種程度，根本整張臉都被送去微整型。

「哥，你變漂亮了，要不要笑一笑看看？」

「我都快哭了，別鬧。」胡理哀怨一睨，他今天還得去學校辦妥手續，大家認不得他該怎辦？「小袖，妳有遮眼的東西嗎？」

「我記得爸比有墨鏡。」

於是胡理殺氣騰騰來到主臥室，胡老闆還在床上賴著。明明昨晚沒開工，都在讓妻子安慰他受創的中年男子脆弱心靈，竟然有臉睡得比自己還晚。

「爸，你墨鏡在哪？防油口罩也順便給我。」胡理口氣很差，像是父親上輩子的債主。

胡老闆睜開半隻眼，又閉回去，存心不理會沒心沒肝的臭崽子。

「死老頭別裝蒜！看看你該死的基因害我變成什麼樣子！」

胡老闆再次張開眼，仔細端詳起兒子的臉——男性的稜角被削柔大半，而那雙本來就斂藏禍水的眼睛化得更加嫵媚迷濛——中年男子忍不住幸災樂禍笑起來。

胡理咬牙吼道：「老狐狸，我要跟你同歸於盡！」

本來父子倆吵到天花板都快掀了，可等胡袖受雞排攤夫人所託上樓叫吃飯，卻看到胡理抱著圓滾滾的紅毛狐狸甜蜜蜜在床上滾來滾去。

胡理全副武裝出門，就算吃個大飽還是繞去早餐店一趟，看見熟悉的身影獨自低頭用餐。

早餐店老闆娘發現徘徊的他，兩手在臉前轉動，用手勢告訴胡理，箕子正哭個不停。

胡理遠遠站了好一會，還是選擇邁步離開。

♛

「老師，不好意思，我要休學。」

藤椅上的老者摘了下老花眼鏡，看胡理遞出齊全非常的表格。

通常沒那麼容易過關，但胡理動用了一點妖術，從主任到校長，蓋章蓋得迅速而俐落，但是對照顧他兩年多的級任導師不可以草率。

「對不起，我本來認爲可以兩方兼顧，但我或許不會再回來了。」

老者沒有責備，只是就現實層面表明後果：「班上同學要是沒你督促，他們大考大概要全吃屎去了。」

胡理也就掛念這個，他們班實在廢得人神共憤，每個星期一次班遊，每個月一次校外旅行，致志玩日惕歲，要不是他要幫忙家裡生意，早就把他們抓著，假日通通來學校加強補習。

「雖然我在這所學校完全沒有感受到同窗砥礪向學的作用，但能和大家一起唸書，我很開心。」

胡理從來沒有遇到感情這麼融洽的班級，成天開開心心，沒有欺凌和小圈子，不怕誰被落下。

對比下來，在別班和同學一直處不好的箕子，他又更不知道該怎麼辦才好。

「你是個好孩子。」

胡理有些哽咽：「要是我真的像裝出來的好，就不會隨便把人拋下了。」

他今天一來就稱病躲著，不敢到班上去，就是來這裡拜託老師替他道別。

「還有，老師這些年替我擋下申家的干擾，謝謝您。」

老者拿下眼鏡，低眸擦拭無垢的鏡片。

「書我沒辦法替你們唸，老師就是做這些你們小孩子處理不來的事。」老者再戴上眼鏡，拿起那疊休學表單。「我只是看在你乖巧聰明又長得可愛的份上，不必謝我。」

「老師，我有一個不乖巧不聰明，甚至一點也不可愛的兄弟，能不能請您代我看照他到畢業？」胡理斗膽提出不情之請，老者不置可否。

「班長，你知道認真讀了兩年書和最後一年才要衝刺的學生差別在哪裡？」

胡理搖頭。

「比起休學這種浪費成本的決定，你可以請假。」

「可是……」

「在你回來前，我就暫且認真教一下書好了。」老者笑得慈藹，摸摸胡理始終低垂的腦袋瓜。「老師再告訴你一句：自己兄弟自己解決。後面這個忙，我是不會幫的。」

♛

秦麗瞪著母親自作主張挑給他的傍身。

「唉呀，腰好痠，能不能給我張躺椅。」束著阿婆髮髻的灰毛孕婦。

「我大老遠過來，至少請頓吃的吧，族長。」燙著大波浪的橘毛胖妞。

秦媚命屬下拿了躺椅和炸雞桶過來，絲毫不敢輕待貴客。

秦麗看著氣喘吁吁摸肚子和大口咬著雞腿的遠親阿姨姊妹，越想越不能接受，這樣與他帥氣的想像差別太大——與漂亮可愛的胡袖和溫馴甜美的毛毛攜手把胡理打得鼻青臉腫，然後威風登上大位。

「媽咪，為什麼都是胖子！」

「你瞧不起胖子嗎？我懷你這孽障的時候，還不是胖得跟球一樣！」秦媚嚴厲喝斥秦麗的無禮，叫他端茶去敬兩位前輩。

想當初她懷第二胎，耗損太多精氣，不得已變回原形。宗主還為此在宮中造了一條無障礙孕婦便道，讓她能挺著一顆胖肚子爬坡上朝。

到後期，肚子和身子看起來簡直是顆大圓毛球，幾乎可以滾著從便道下來，宗主猶豫開口：「媚娘，我給妳產假好嗎？」

秦大護法盡忠職守，咬牙道：我可以！

東聯幫主在旁聽了狐狸們的趣事，笑嘻嘻問道：「阿媚，那妳現在還能懷孕嗎？」

秦媚凝視著現世的人類金主，眼神複雜。

「我不是要妳幫我生孩子，只是想看妳胖嘟嘟的毛球樣。」

秦媚手上那把黑雨傘立刻招呼過去，打得黑社會老大唉唉慘叫。

「既然那麼辛苦，那就不要生啊！」秦麗等母親揍完相好，接續上段吵架內容。

「因為阿艷想要弟弟妹妹。」秦媚負氣提起過世的長女，本以為秦麗會因此氣得蹦蹦跳，吼說他是秦艷的替代品，秦麗卻安靜下來。

原來姊姊從他出生以前，就喜歡著他。

秦媚找來的兩位族內好手，捧茶暗暗打量著受命保護的少主。秦公子閉嘴的時候，才顯出世家大族後天養出的威勢，那是另外兩名候選人短期內追趕不上的優勢，遴選匆促有益於正統秦家。

秦麗稍稍收斂火爆性子，和秦媚談條件。

「媽咪，我再去找小袖一次，不成就聽妳的話。」

「胡袖不可能答應，就像阿艷還在世，你也不會背棄她。」

妖族的關係變化不像人類那麼多樣複雜，至今還是非常仰賴血親。

「母親，我可是秦家大公子，沒有得不到就放棄這種事！」

秦艷生前抱著總是怯生生的狐身秦麗，告訴他當王不一定是最優秀、最會算計的人，而是要比任何人都要來得高傲。

秦媚略略闔上眼，到現在依然拋不開優柔的母性，仍覺得愚直的秦麗該給人保護著，而不是站在前線裝腔作勢，直到武裝的心房眞正變得冷硬無情。

骨瘦如柴的黑毛母狐對監牢前的少年齜牙咧嘴，少年屈起纖細的雙腿，拎著發餿的雞骨頭刺激母狐。

「來，跟我道歉就餵妳吃。」

「毛嬙，竟敢這樣對待親生母親，你禽獸不如！」

「從妳拋棄我那一天，妳就該去死千萬次了。妳身爲母親，卻拋棄孩子，把我扔在痛恨毛氏的宗主宮門前……」

他手一拉，母狐就被頸上鎖鍊拖著撞上鐵牢欄杆，嚎叫一聲，然後無力趴下。雙方都瞪紅了眼，恨不得吃食彼此的血肉。

夜錦驚呼，眨眼從外廊閃身到毛嬙與母狐之間，手上盛滿的肉粥沒有溢出半分。

「阿姨，妳還好嗎？這些是傷藥，妳別咬我，我給妳擦擦。」夜錦趕緊動手包紮奄奄一息的母狐。人家可是前任毛氏族長，在位逼得秦家搬出青丘，呼風喚雨大半輩子，孰料栽在親兒子手上。

看來不僅人不能做壞事，狐狸也是，總會有報應的。

夜錦給前任族主餵了點肉粥，施術讓她睡去，再回頭面對她這輩子最大的冤親債主。

「毛，你不睡覺來這幹嘛？每次來都只會神經病發作，阿姨也不會流下懺悔的眼淚，只恨當初沒把你一把掐死。」

毛嬙恍惚捧著雞骨頭，夜錦搶過骨頭，把他的白皙小手擦乾淨。

「夜錦，為什麼只有我這樣？」

「胡理表哥出生也差點被抓去燒過，舉凡成大事者，都有比較不一般的童年。」

夜錦還抱著他。看看這多漂亮的一個孩子，卻不像另外兩位被捧在手心上，身邊只有一個老是跟他唱反調的小伙伴。

「他那時候也像妳這樣，小心翼翼抱著我，到哪裡都帶著。」

「你說阿理表哥？」夜錦知道毛嬙對胡理始終抱有一種雛鳥心態，畢竟對方是他來到世上後第一個對他好的人。

「他竟然沒死。」毛牆低聲喃喃，聽不出情緒。

「你莫名其妙說什麼？鴉頭頗八卦，別給她發現你有病。」

「只要妳忠於我就夠了。」毛嬙打起精神微笑，夜錦卻不覺得他情況有好轉。「中家實在太無能了，枉費我把宗主攔在青丘。秦麗弱處太多，再慢慢收拾就好，不比他難纏。這次沒讓他死成，太可惜了。」

夜錦手腳發麻，鴉頭白日才臉色蒼白地帶了一層染血人皮回來，告訴她人類對妖怪有多殘忍，勸她快快與男友分手，看看胡理輕信人類的下場。

「他、他對你這麼好，你恨阿姨我不怪你，可是你怎麼可以……」夜錦說不出話，爲了生存和報復以外的殘殺，根本不符常理。

「因爲我要當王啊！」毛嬙咧嘴一笑，爲此，不擇手段。

♛

胡理回家看到客廳堆了各種用具，從內褲到書桌床墊，全都是他送給箕子的東西，箕子不知道用什麼門路還回來的。

「分得可眞徹底。」胡老闆譏笑道。胡理相信不出半天，華中街大概每個人都知道他跟箕子鬧翻了。

胡理從雜物堆中挑出一隻小雞布偶，用力踩三下，然後去幫攤子備料，他爸也沒剩幾天免費勞工可用了。

忙了一晚，胡理心情都很鬱悶，雞排切得像牛雜。等他凌晨洗完澡爬上床，照理說最多只有床板咿呀聲響，如今床下卻發出嗚啊怪聲。

胡袖赫然從床底迷糊爬出來，又恍神爬到床上，一上來就剝開胡理睡衣，腦袋直往他胸前湊去。

「媽咪，妳的捏捏怎麼不見了？」

胡理立刻意識到被妹妹當成母親撒嬌，無奈被非禮成功。

「小袖。」胡理喚了聲，胡袖才清醒過來。

她亮了亮手上的劍，表示妹子是來保護哥的。表示完又繼續窩在胡理懷裡，叫哥哥幫她抓背。

「哥，媽媽已經沒有奶水了，好可惜喔……」

「妳要我陪妳感慨什麼？」

在胡袖打起呼嚕前，胡理簡短扼要婉拒她的保護計畫。

「可是宗主在當上宗主前，她弟弟也是寸步不離護著她。哥哥又比宗主弱很多，一個人太危險了。」

「人家是弟弟，妳是笨蛋妹子。」

「如果小將軍還活著，我一定打得贏他。」胡袖自信笑了笑。「阿姨們都說你和宗主婆婆處境很像，在人世過得好好的，爲了理想回青丘。有個無敵的胞妹，身邊又剛好有個很愛你的道士朋友，還有雙漂亮的長腿。」

「腿不重要。妳既然熟悉宗主的故事，就知道她傍身的下場。」

「哥，可是我明白小將軍的心情。他一定是世上最知道自己姊姊是最適合當王的狐狸，就像我一樣。」胡袖低頭磨蹭胡理胸口，胡理輕柔按著她的頸後。「因爲你是這麼好、這麼地好。」

「小袖，可是我的決心還沒有大到能失去妳，妳留在爸媽身邊，好嗎？」

「那你要是死在妖界，誰來照顧爸爸媽媽和我？」

「當然是妳。」

胡袖吃驚嗚嗚兩聲，更堅決要護送胡理到青丘，沒有哥哥照料的日子實在太可怕了。

胡理想了想，才鬆口：「箕子會幫妳，我走之後，把我房間給他。」

「可是箕子哥說他再也不跟你好了。」

「你們竟然還有在聯絡！」

「你跟他分手，又不是我跟他分手。」胡袖不解眨著眼，要不是有她開導箕子，纖細的雞哥難保不會幹傻事。「箕子哥只是在賭氣，只要哥低頭，他就會立刻飛撲到你懷裡。」

「我才不要。」胡理被磨了這麼久，才掏出一點心裡話。「我聽爸說，那個人類道士的結局也不好。」

父親像是哼著歌謠說道——那個男人就在大雪天的夜裡走了，從此沒有再踏上青丘。宗主和她的心上人，終其一生不再相見。

前車之鑑是那麼血淋淋和孤獨寂寥，胡理不得不害怕。

「哥，你其實也想有人陪著你冒險吧？你沒有辦法一個人的。」

胡理無聲搖了搖頭。

「你不要怕，盡量利用我，就當我是爲了保護你而生，只要有我在，不會再讓誰傷害你……」胡袖喃喃睡去，被胡理緊擁在懷中。

她不像爸媽顧慮那麼多，只滿心期待胡理登上大位的風采，看他繼承宗主婆婆那身受各方使者拜見的禮袍服飾——赤冠、紫玉墜、一身白氅勝雪。一個眼神就讓眾生爲之瘋狂，恨不得掏心愛上。

爲此，胡袖死也甘願。

第十六章 決心

「理理，媽媽中飯不小心煮太多，你把這個便當帶去給子閒好嗎？」雞排攤夫人單手托頰，一派嫻靜又適度顯露出傷腦筋的樣子。胡理本來還想把握所剩不多的時間，趁胡老闆去批貨，在家和親愛的母親培養感情，一起吃個下午茶或者靠在母親膝頭小憩，兩人世界的計畫從未包含箕子。

「我去。」胡理當了十八年乖小孩，這次也微笑答應下來，只是聲音有些勉強。他包好整張臉，步履蹣跚來到箕子家門口，還沒想到怎麼打上招呼，鐵門就自動開啓，陰風陣陣襲來。

「我只是來送吃的，沒別的意思。」胡理感到敵意，也只能低著頭進門。屋裡很黑，從外頭到室內需要一段適應時間，就是這時候，他冷不防被蒼蠅拍重重巴上右臉，幸好他口罩戴得密實，除了驚嚇，沒有受到實質傷害。

那是名嬌小的女子，約莫三十來歲，穿著未亡人般的黑紗長袍，眶下的黑眼圈很深，胡理只見過她兩次，是箕子輩分上的嬸婆，自小就在死人圈子裡打轉。

「您好。」

胡理知道箕子嬸婆不會回應，她認爲未出嫁的女子除了鬼以外，不應該和任何男性搭話。

箕子嬸婆比了樓上箕子的房間，又對胡理比了中指。胡理猜測她對於箕子被捲進胡理和中家的恩怨非常不滿，雖然採放牛吃草的方式，但畢竟養了箕子兩年多，爲自家晚輩不平是應該的。

「我很抱歉。」

箕子嬸婆好像有一堆話想數落胡理，但礙於男女有別，到神壇請了一尊紅衣娃娃下來，娃娃的嘴隨她的手勢開闔，胡理聽見屬於女子的低柔嗓音從娃娃口中傳來。

「我當初收留他會猶豫再三就是知道他有此劫難，平時扣他零花就爲了折抵這件事預計消耗的心力，結果你們兩個眞是好勇敢，都不找大人商量，差點就成雙死在人渣手上。年紀輕輕，好的不學，學什麼殉情！」

「您誤會了，絕對沒有殉情這回事。我眞的非常抱歉。」

從箕子口中知道他嬸婆並非情緒化的女性，實在是這次死小孩惹惱了長輩，胡理推測箕子八成被打得很慘。

「你或許以爲他沒爹沒娘，無所輕重……」

「我從未這麼想過！」這誤會比殉情來得更嚴重不實。

箕子嬸婆幽幽垂下黑眸，娃娃再次張口：「像我們這種人，很不容易有孩子，有了又怕夭折，戰戰兢兢才把他帶大。而你做了什麼？不過對他比較溫柔罷了！」

「非常抱歉。」胡理知道這些長輩不是無故訓他，上次還差點被箕子所謂的好脾氣師父一劍劈成兩半。

女子三次都沒接受胡理道歉，低眉摸著娃娃的髮，大概是超出平常交談的分量，不想再說了。

「嬸婆，箕子母親也照顧過他十多年，他會把母親的事攬在身上並不是沒把妳……」

「誰是你嬸婆？不需要你多嘴。」女子冷冷開口，這次用的是真正的嗓子。「他在樓上上課，冰箱有汽水。」

胡理怔了下才反應過來，再三道謝後才捧著便當走上二樓。

胡理從樓梯口轉進房間，這次不意外也是荒廢古宅的景象，他照上次的方法走出迷陣，可見箕子真的是個不太動腦筋的笨蛋，存摺密碼一定是出生年月日。

竹林很靜，漫著迷濛白霧，胡理從遠處就聽見棚子那邊的說話聲，不像教學的氛圍，而是雙方在爭執什麼，他輕步走近，聽見紙幕中的男子嘆口大氣。

「子閒，你是否考慮妥當？一旦涉入，你自此與榮華無緣，功成名就不就是你學道的目的？那是狐族內務，與你無關。」

「師父，阿理救我的時候，我跟他一點關係也沒有，甚至有點討厭他，他卻向我伸出援手。沒道理他來救我就是應當，當他有難，我卻推託他是異類，有沒有這麼無恥？」

胡理跟著他師父嘆氣，都分手了還執迷不悟，眞是個大笨蛋。

「因爲師父不准，我才不敢貿然答應。我這輩子沒什麼親緣，都是你和嬸婆補足我的缺憾。師父就像我的父親，我不想讓您爲難，求師父成全。」

「即使要斷絕師徒情分？」

箕子抬起哭慘的臉：「嗚嗚，可以不要斷嗎？」

箕子一直哭一直哭，拿出國中時代的絕活，胡理幾乎要衝過去陪他一起跪著求情。男子被小徒弟的眼淚攻勢逼得嘆了第二口氣，叫箕子靠過去。

紙簾被揭開一角，光芒不停往外流洩出來，裡頭伸出枯瘦的左手臂，手腕都是針頭扎過的青紫痕跡，指骨相當修長，本來應該是隻漂亮的手卻只剩層蠟黃的皮，輕輕摸著箕子的腦袋瓜。

箕子用臉貼著那隻病弱的手，不停哭著說「弟子不肖」，沒有辦法賺大錢，請最好的醫生治好他老人家的病。

「小雞，你總是這樣，偷偷把別人納進自己夢中。師父什麼都不缺，就是徒弟太傻，放不下心。」

男子就像箕子說的那麼溫柔、細心疼愛著他，對比起來，胡理覺得自己的善意顯得很小家子氣。

箕子想要鑽進紙帳裡頭，被男子推拒在外，不想讓小孩子看見悽慘的病容。

「師父，我長大以後會奉養你。」

「眞乖，只怕我看不到了。」

男子偏頭笑了笑，箕子忍不住垂淚。

「你是他最好的選擇之一，但他卻不是你的康莊大道，子閒，三思。」

「師父說的一定沒錯，可是人實在太難只看利益抉擇，我有心啊！」

那就是胡理最想收攏過來的東西，狐狸精之所以爲狐狸精，莫過於此。

「他來了。」男子說，帷中影剎那化作千百隻影蝶，飛散而逝。

箕子還跪著，兩手用力抹乾淨臉，才轉過頭來，故作矜持地面對早看自己哭得稀里嘩啦的胡理。

「我媽給你的。」胡理拎過工具箱大的便當盒。

箕子收不住嘴角，三兩步蹦跳到胡理面前。

「阿姨的愛心飯菜最好吃了！」

箕子像是野餐一樣於地鋪上綠色方巾，再不知道去到這片虛幻空間的何處泡了一壺香茗，還拿了小雞圖案的碗筷過來。

胡理摘下口罩，看箕子忙得開心，忍住沒數落他幼稚。

「阿理，來坐，一起吃！」

胡理就像陪吃飯的名模，在方巾上屈膝而坐，只是讓箕子賞心悅目。這些好料他在家早就吃過第一手，母親還挾了最肥美的雞腿給他。

等箕子吃個半飽，胡理才幽幽問他，胡袖到底對他說了什麼，從實招來。

箕子目光閃動，直說什麼也沒有。

「少來，聽你師父的話，別攪和進來。」胡理低眸給虱目魚挑刺，他體質不能吃海鮮，全進了箕子碗裡。

「我偏不要。」箕子悶頭吃著愛心魚肉拌飯。

「你聽話，以後就給你叫『哥哥』。」

箕子本想笑幾聲胡理怎麼會說出這種威脅，但轉念一想，還真是令他心動。

「阿理，我欠你太多，就算當不成兄弟，該還的還是得還清。」

「箕子，你不要被小袖拐了，她還小，想得不深。我要前往的是狐妖的國度，你一個學道未精的小道士怎麼抵擋得了狐媚的誘惑。」

「現在的我已經不是過去的我，我可以！」箕子鄭重放下碗筷，朝胡理堅定大喊。

兩人互相瞪視好一會。

「箕子，來！」胡理燦笑張開雙臂。

「阿理——」箕子毫不猶豫撲向狐狸美男的懷抱。

一刻後，對美色不堅的箕子跪在地上懊喪修道者可悲的軟弱心志。

胡理冷冷地說：「廢物。」

箕子沮喪地回去把超大便當吃完，胡理就等著把便當盒拿回家。

「阿理，你是來道別的吧？」

「上次就絕交了，這次只是外送午餐。」

「這不就是我說渾話的最後機會？你能不能保證不揍我？」

「看情況，說吧。」

「雖然對不起師父，我還是想跟你在一起。」

久違的告白，這種話箕子高中之後就不常說了，就像胡袖夢想一輩子都能在胡理身邊跟前跟後，不管世間風雨再大，胡理都會負責撐傘。

「箕子，你以後會遇到更好的男人，大概吧。」

箕子本來還想接著胡理難得跟他搭腔的糟糕話，卻還是不免悲傷起來。

「我知道，不可能再遇見像你這麼溫柔的狐狸精了。阿理，打個商量，就當圓我最後一場夢。」

「看情況，什麼事？」

「你能不能變一次眞身給我看？」

胡理似乎被戳到痛處：「我最多只弄得出尾巴，這樣還得脫褲子，不幹。」

箕子舉起手指，咬著筷子嗯嗯表示本山人自有妙計，抽出一張白色紙卡，往胡理額際按去。

砰的一聲，胡理四周興起魔術效果的白霧，等霧色退去，原本席地而坐的美少年化成半身大的雪白狐狸，箕子忍不住歡呼一聲。

「阿理，你眞的好漂亮！」

胡理還沒細看自己爪子尾巴好好自戀一下，箕子就急急色撲過來了。

「呼呼，毛茸茸的，跟我想像中一樣好摸。狐狸毛眞的特別軟呢，而且也沒有狐臭，是阿理的香味！」

胡理兩爪架著箕子的頭，眼瞳用力放綠光警告人妖授受不親，別以爲可以當他是小動物就爲所欲爲。

但箕子卻是卯足勁賴在他身上，想一次把感情討夠本。

「阿理，想到你走之後，沒有人可以眞心相待，我眞覺得還不如跟著你去死。」

「說什麼傻話？」胡理還能正常發聲，表示箕子的法術只是幻化出視覺上的形貌。

「對不起，我也想表現得灑脫，但你也曉得，我一直是個軟弱的人，承蒙你不嫌棄，這些年伴在我左右，我、我……」

箕子哭到說不出話，淚水弄得狐狸毛濕得一塊一塊。胡理覺得箕子很倒楣，天生與眾不同，卻又特別渴望人們之間的緊密情感，就像他一樣。而他有爸媽小妹和一群好鄰居，箕子沒有。

箕子就是死心眼，告訴他他其實很好，只要試著對人敞開心胸之類的，卻怎麼開導都不聽，胡理也沒有那個美國時間。

「沒辦法，誰教我是哥哥？」不用長篇大道理，一句話就解決箕子無謂的自卑。

胡理以前不能輕易給承諾，但發生那麼多事之後，箕子還是沒有清醒，死心眼到底，他就覺得那些原則沒有必要了。

「阿理，雖然你嘴上嫌棄得半死，但你對我眞的太好了。」箕子鬆開手，露出靦腆的笑。「在我的法陣裡，時間流逝比較慢，你可以待久一點。」

就這樣，狐形的胡理兩爪捧著茶，與箕子並肩坐著，聽竹林清風吹響，直到箕子法力耗盡，回到狹小簡陋的房間，胡理也跟著回復原狀。

胡理把昏倒的箕子扛回行軍小床，偷偷掏出這些日子拚命賣雞排的抽成津貼，塞到床頭餅乾罐裡。

「箕子，掰掰。」胡理伸手摸摸那顆笨頭。

箕子把臉藏在被單裡，猛點頭代替回應。

♛

胡理回家，無精打采，說要一個人靜一靜，然後他爸就放他一個人顧攤。

死老頭，不知道他現在最需要被父親疼惜地順幾下毛嗎？

幾乎每個熟客都擔憂問著胡小開是不是失戀了，胡理本來不想理會飯後八卦，後來還是跟客人們有一句沒一句聊著，講得他還眞像有過刻骨銘心的愛戀。

到大半夜，胡理獨自拉扯醃製中的雞排解悶時，聽見遠處傳來帶著殺氣的跑步聲，秦麗那顆金毛頭出現在他視線裡，穿著白色運動服和球鞋，火藥味十足衝來胡理面前。

運動是好事，但時值夜半三更又這麼一副惹眼的不良少年模樣，胡理覺得秦麗還是好好被關著餵養比較安全。

「我、我要見小袖……」秦麗很喘，這輩子從來沒走過那麼遠的路，足足有三公里多，安可說兩家不太遠都是騙人的。

「這個時間點，沒有任何人事物能把她從我母親身上拔下來。」胡理表示遺憾，「你大老遠過來，先坐一下，看台子上有什麼喜歡吃的，不用客氣。」

秦麗見胡理把塑膠椅擦乾淨遞給他，自然而然拿出接待親友那套，紫眼瞪得老大。

「你不生氣了？」

「除了以後要配單邊眼鏡，不生氣。」原本臉上的疤被扒皮過後就不在了，臉也像去整型醫院掛了幾次號一樣。

「那就沒問題了啊！」秦麗揚起笑，由衷爲自己高興。「那我要那個跟那個，小袖向我提過很多次，好像很好吃。」

胡理把炸物放下油鍋後，快步進屋，從家用冰箱拿出限量點心，秦麗看得兩眼發亮。

「這是我媽做的豆皮壽司，她以前跟家裡的日本料理師父學過，你應該會喜歡。」

「人類的食物，我才不屑呢！」秦麗開心吃了起來。

「慢慢吃，別噎著。」胡理說完，回去盯炸物。秦大少爺忍不住彎起嘴角，他之前看那些人類小孩做錯事，只要道了歉，胡理就會原諒他們。

「其實你只要服侍我盡興，我也不介意讓你做傍身。」

「眞是太謝謝你了。」

「不用客氣！」秦麗燦爛應道，胡理發現這個表弟只聽得懂直敘句，忍不住憂心他的未來，比方被他妹子吃乾抹淨之類的。「看你這麼有心，我媽咪也罵過我了，我就勉強跟你說聲對不起。」

胡理嗯了聲，秦麗當他接受道歉。

胡理不惜成本炸了一大盤，每樣都先放涼，試吃給秦麗看，秦麗才大剌剌抓著吃，評價是普普通通。

「表哥，有喝的嗎？好渴。」

胡理應要求拿出紅茶，秦麗怎麼耍性子他都無所謂，唯有一點必須修正。

「請不要叫我『哥哥』，這不是我收受得了，秦大公子。」

秦麗雞排咬到一半，興致正濃，胡理卻潑他冷水，讓他有點不爽。

「奇怪，我都跟你道歉了，那又不是我的錯……」

「抱歉，把你們視爲本來就會傷人的敵人，我心裡會好過許多。」

親疏有別，不然他該把小袖、箕子置於何處？

「你不讓我叫，我偏要叫，阿理表……」秦麗怎麼用力也發不出聲，對面的胡理幽幽看著他。「你這個卑鄙小人做了什麼！」

「既然知道自身軟肋在哪，防著總是保險。」胡理把美味的炸皮蛋留在自己碗裡。

「雜種就是雜種！」

胡理炯炯看著秦麗，秦麗總覺得胡理好像有哪裡不一樣，但又說不清楚。

「阿麗，高傲不是去貶低他人，而是讓他人來仰望自己。」

「囉嗦什麼，你也不過是個賣很好吃炸雞的漂亮混血兒！」

胡理乍聽之下還眞像在誇獎他。胡袖說過秦麗說話很好玩，和她一樣跟字不熟，說久了就呆腦露餡。秦麗身邊的阿姨都大他好幾倍歲數，總自以爲秦家少主應該如何如何，卻沒人教他該怎麼做。

「阿麗，我們私下再加賭一把，你敢不敢？」胡理在人世累積來的帶小孩經驗就不信有狐狸精能匹敵，秦麗這年紀的孩子做事就是求一股帥勁。

「怎麼不敢？到底賭什麼？」

「青丘有落選者效忠新王這條規矩，如果你贏了，我就把散沙般的胡姓統整起來給你管理；要是最後的王是我，請你交出秦家的棒子。」

「不是本來就這樣？我媽咪都在爲那個老太婆盡心盡力。」

「那也是秦阿姨願意付出，胡姓和毛氏哪有把宗主放在眼裡？我不會再讓他們坐享其成。」

「講得好像你已經贏了一樣。」

「早一步籌謀總是好的。」胡理低眸笑笑，秦麗盯著他在桌上畫弧的修長手指，生氣收回視線。「說定了？」

「我有什麼好處？」

胡理很抱歉地忘了考量秦麗在不在乎各大家族的統整，應該拿出比較簡單易懂的交換條件。

「你贏了，本來我可以裝死耍賴躲回人間，畢竟我有雙重國籍；而我追加成可以讓你玩到死殘都不會逃。」

秦麗有點心動，也覺得低低笑著說出這種話的胡理有點可怕。

「好，說定了。」

雙方擊掌爲誓。秦麗不覺得自己吃虧，秦家本來就是傻傻爲青丘賣命，問母親爲什麼，她還會責備似地看著他，但是能拿住胡理，就等同抓牢胡袖，可以和兄妹倆一起玩。

沒多久，雞排攤外就停妥來接秦麗的轎車。秦麗走前，胡理叫住他。

「對不起，等我當王以後，一定會待你如親弟，好好教導你。」

秦麗覺得胡理有點像小時候沒空陪他玩的姊姊，但他還記得秦家少主的台詞：「不用了，想著怎麼跪我就好。」

秦麗走後，胡理把藏在陰影下的另隻小狐狸叫出來。

毛嬙依然穿得像貴族學校的中學生，開宗明義要跟胡理下同一個賭誓。

「你又不是傻的。」秦麗太好拐，胡理良心還在抽痛。

「我是要前一個條件，你、小袖和叔叔也都姓胡。」

「那兩隻你想都別想。」

毛嬙端著討好的笑，過來貼近胡理。胡理見對方仰起的小臉，可愛是很可愛，可他一刻都不敢大意。

「表哥，我也要吃炸雞，秦麗有什麼，我都要加倍。」

他敢討，他就敢炸，吃不完再踹他屁屁。

胡理把料下鍋後，回頭看毛嬙呆坐在秦麗原本的位子，恍惚盯著他，表情不知道是哭是笑。胡理看得出來這個詭計多端的表弟心裡有傷，因爲他自己也被心病折磨過好一陣子。

只要治療得宜，心疾其實治得好，而他一定會狠狠把這團壞毛球矯正回來。

「你可以全衝著我來，我大半承受得了，也不會怪你。」

毛嬙佯裝無辜，直說我這麼愛你，怎麼可能對你做什麼？

胡理回想著什麼，輕聲道：「你那時候才那麼小，看我要走，哭著追過來。可是我好死不死神經病發作，只想否定妖怪的身分，恨不得快點離開青丘，就這樣把你拋在身後。宗主把哭昏的你抱走，等身子康復再送回毛氏，但聽說你母親對你的照顧還比不上宮中的狐。」

毛嬙卸下僞裝，深惡痛絕瞪著一臉感傷的胡理。他的心早在很久以前，除了仇恨什麼也裝不下去。

「幸好我們都還活著，還有機會。」胡理把什錦鹽酥雞撈起來瀝油。「看你常熬夜，容易上火，又不像我天生麗質，還是不要吃太多好了。剩下的就帶回去給小鴉還有你朋友夜錦。」

「她們很煩。」毛嬙微聲抱怨一句。

「女孩子嘛。」胡理不由得連敵人的友伴都一起寵著。

「至少比孤身的你好太多了。」

說到傍身，胡理就傷透腦筋，一個都沒找到就去闖異世，老宗婆知道一定會痛揍他一頓，罵他是隻沒魅力的笨狐崽，反正到時候再拚命撒嬌求饒就好。

毛嬙抱著兩大袋香噴噴的炸物，不忘下最後的戰帖。

「你會後悔沒有退出這場競賽。」

胡理無畏一笑。

「謝謝你讓我明白，我才是這場仗最弱最該卑鄙無恥的傢伙，等我當上宗主，自然會照顧你們；就算在遴選傷了你們，我也會記得道歉。」

該來的，還是躲不掉。

他一入夢，就被巨大的白狐爪用力壓在玉臺，任憑他怎麼嗚嗚叫求饒，腦袋和屁股還是不停被擠壓成平面，毛球都快變成肉餅了。

好不容易撐到宗主大人大發慈悲，抬爪開恩，他第一個選擇急救自己的尾巴，兩爪用力甩動毛尾，試圖讓它回復蓬鬆柔軟的樣子。

大狐冷眼注視著他，他等尾巴恢復原狀後便矯健俯衝而去，身軀整個鑽入大狐腿下，拿自己的白毛尾僞裝成老宗婆短缺的那條白尾巴。

大狐見八尾多出來那一尾，不時上下拍動流露出滿滿的討好諂媚，眞想把這隻狐呆崽揪出來一口吞了。

「小理子。」

——老宗婆，小理子不是故意不來問安，只是被瑣事絆住手腳，抽不開身。

明知道他身上帶著與她相連的血肉，怎麼也不可能瞞天過海，胡理就是不想讓她傷心。

大狐把他叼出來，放在爪前，像是盤中肉細細打量著他，胡理戰戰兢兢與宗主四目相對，是後輩不肖，老宗婆想要咬幾口都沒問題。

白狐只是把他撈過來，低身舔舔他頭上的亂毛，胡理幾乎要掉下淚來。

「怎麼有那個臭道士的味道？」

——眞的嗎？老宗婆，您再聞聞。

大狐不疑有他，認眞嗅嗅，胡理順勢埋進她懷裡。

宗主示意推了下，表示這麼笨的狐崽又不是她生的，滾一邊去。說完，大狐不動，小狐不動，依然偎得老緊。

想起從小疼愛長大的小崽子被活活折磨至死，胡理在申家斷氣那一刻，她那顆封閉千年的心，著實淌出血來。

「壞崽子……」大狐使勁拍了小狐兩下腦袋，就再也動不了手，很後悔生命的最後去喜歡上這麼一個漂亮的孩子。

胡理具現出人形，赤裸跪在宗主身前，把被他傷透心的大狐攬進懷中。

「我發誓，不會再發生這種事了，請您保重身子，無須再擔心小理子，我一定會來到您面前。」

十年後的今日，他終於能做出遲來的抉擇。

「老宗婆，我願意把所有獻給您與您心愛的國度。」

♛

蕉蕉還沒到病房外，就感到沖天妖氣，房門口本該裝飾幾隻的小鬼老鬼都被逼得逃之夭夭。

「阿伯，來，啊——」生得一張可口美少年外皮的狐狸精素手遞出一串去過炸皮的鮮美肉塊。

「啊——」焦爸一臉陶醉張開口，蕉蕉乍看還以為是哪齣黃昏之戀。

「阿伯，好不好吃？還要不要？」小狐妖彎著笑眼，眼中的水波都快溢出眶來。

「還要，只要是理理的肉，阿伯再多都吃得下。」焦爸濃情蜜意握住胡理漂亮的十指，蕉蕉真覺得她該清理一下焦氏門戶。

小狐狸發現了她，抬頭就衝她一笑，蕉蕉頓時有些暈，連呸了兩聲才回神。妖孽功力大增，她必須萬分戒備。

「焦嬌姊姊，妳吃過了嗎？」胡理湊上來，比起前幾次天敵和食材似的交鋒，蕉蕉深感放開心防的狐狸精非常、非常危險。

「沒，正餓著。」這男孩子看來皮薄餡好的，眞想吃狐狸肉。

「那我有沒有這個榮幸請妳吃飯？」胡理殷切眨著微長的雙睫，蕉蕉不難看破這拙劣的陷阱，但怎麼也沒辦法拒絕。

「去吧。」

「爸，你搭什麼話？」

於是蕉蕉訓焦爸一頓後，和胡理漫步出醫院。等美男抗體滋生出來，蕉蕉一口咬定小妖精今個是特別來堵她。

狐妖可以預感一些未來，不少狐以此受人供奉。蕉蕉緊盯著走在外邊替她擋車的胡理，想到他驚人的恢復力，再加上雄厚的修爲，感知能力也點上了，更別說初次會見她就體會到的媚惑才能。這隻狐狸要殺，就得趁早。

「姊姊，我可以牽妳的手嗎？」胡理回眸一笑，帶著初出茅廬的羞澀。

「喏。」該死，太可愛了。「明人不說暗話，你想幹什麼？」

「我是青丘王者的候選人，想請妳做我的幫手。」胡理轉身過來，誠懇執起她兩隻手，低首微微欠著身子，蕉蕉有種被追求而且是求婚那種的錯覺。

「你在開玩笑吧？我祖先殺過的狐妖都夠建立一支義勇軍了。」

「不是。」胡理眼睫垂得老低，蕉蕉必須強忍著才能不去數他的睫毛。「就因爲妳深知該怎麼應付我族人，我才做此請求。」

「我有什麼好處？」

「我可以替妳殺了申禮，我和他有冤仇，而且我是妖，拿他性命不會有問題。」

蕉蕉笑了起來，就算表情、動作再怎麼忍耐，還是騙不了長年的執法者。

「算了吧，你不適合，你就是個小孩子。」

雖然這麼說一隻妖怪很奇怪，但胡理很難跟申家那些下三濫排在一塊，應該乾乾淨淨給人捧著，然後讓他去想怎麼照顧圈子裡脆弱的老人和小孩們，盡情做個濫情有剩的聖母大王。

「我也不想和妖怪廝混，驅逐在人世爲非作歹的妖怪是我的責任，但是跑到妖怪地盤上打架就不是道士的工作了，而且你還不值得讓我賣命。」

蕉蕉本來還想多數落幾句，怎麼他會想不開來找與狐妖世敵的焦氏門人，卻見胡理呆呆垂著眼任她譏諷。她嘆口氣，想來也是走投無路才會來拜託她。

「小狐狸，沒有人要幫你嗎？」

「其實我一個人也沒問題。」

那就不要露出這麼寂寥的目光，不會有人相信的。

「那麼能不能請妳幫我照看我家人和華中街？我父親和小妹都是安分守己的狐，不會惹事的。」

剛好蕉蕉轄區被調到華中美食街，多巡兩眼不會增加多少工作。

「謝謝妳。」

蕉蕉從頭到尾沒有答應要跟他打契約，胡理卻湊過來，輕輕舔著她的脣瓣。

哼，不過是一個溫溫柔柔，又有點寂寞的小孩子……

事後，蕉蕉沉重認為狐狸精這種妖怪還是死光得好，不然一旦入彀，沒事總不斷想起他製造出的美好幻影。

♛

雞八兩雞排今日買一送一，不到兩個小時就銷售一空。客人問胡小開有什麼好事，他說就當這些日子感謝大家對雞八兩的支持。

當晚，秦媚阿姨送來一袋厚實的布包，打開來是素白的長袍和一張紅紋圖樣的狐面具。她說這些東西應該是由母親來準備，但胡理的母親是人類，不知道狐族的規矩，所以衣服是宗主親手縫的。

「沒想到宗主大人女紅比我還好。」秦阿姨打趣笑著的時候，胡理注意到她手上都是微小的刺傷。「阿理，我家阿麗就請你多多關照了。」

胡理恭敬送走秦家的大族長，回屋換上中襟的白袍，繫好腰帶，來到主臥室門口，挺直跪下，對房中的母親磕上三記響頭，請恕孩兒不肖。

他下樓被近日遊手好閒的胡老闆攔個正著，胡老闆也想看他磕頭，胡理叫他去死一死比較快。

「理崽，要贏吶。」

「廢話，你就等著以我爲榮吧！」胡理必須咬緊牙關，才不至於在父親面前大哭出來。

他還記得幼時，年輕的父親總是笑臉盈盈搓著他的臉，怎麼也玩不膩似的，寶貝地捧在手心；到後來他落入申家虎口，父親全身浴血趕來救他，因而半年奄奄一息躺在倉庫中，卻換來他厭憎的目光。父親不曾跟他置氣，只是不知所措看著他，他在就躲得遠遠的。

眞的很抱歉，他不是故意害父親傷心。

母親總說，理理，你爸疼你。

他知道，他一直都知道，所以他也最喜歡爸爸了。

「走吧，你媽有我顧著。」

胡理走出屋外，站在馬路上，再跪一次，同樣三記養育之恩的響頭，然後頭也不回離開他十八年來始終戀著的美麗家園。

♛

夜錦咬著針線，兩眼泛著血絲，手腳並用趕著手上的黑袍子，鴉頭在一旁閒適喝茶。

「裡子都輸了，面子不能輸，我家的毛也是有人疼的！」

「哦哦，加油啊，算算時候，也差不多該出發了。」

「鴉頭，能不能跟妳借把手？這樣下去咱們會輸在起跑點啊！」

鴉頭笑嘻嘻的，從身後變出金製的狐狸面具，夜錦頓時熱淚盈眶，以材料的稀有程度而言，贏了！

「有伙伴眞是太好了！」

「好說好說。」反正帳單是寄到毛氏公庫去。

「毛，快跟人家說謝謝。」

毛嬙在案桌冷眼看著夜錦忙得昏天暗地，待他爲王，一定要把「母親做新衣」這個無聊規矩廢掉。

秦麗彎扭地讓秦媚替自己穿上明黃色袍子，不時嚷嚷自己不是小孩子了，可以自己綁衣帶子，但其實他連鞋帶都不會弄。

「媽咪，袖釦好醜，都歪歪的。」

「再嫌就脫光去。」

秦媚看著臉紅通通往她肩膀靠著的幼子，耗盡心力才把秦麗推開，請兩名傍身姊妹把少主帶走。

「做什麼？不是還能睡一覺？」秦麗抵死掙扎，兩名胖狐狸涼涼地說：跟媽咪說再見吧！

秦麗冷不防變回原身，竄回秦媚身邊，流連伏在母親腳旁。今天母親格外溫柔，他很喜歡。

秦媚坐倒下來，毫無保留地把金黃柔軟的小狐抱在懷裡。

秦麗有些受寵若驚，母親以前總是昂首走在前頭，姊姊在身後小跳步跟著，只有成不了人的他在後頭辛苦追趕。

姊姊說，阿麗不用像她這麼厲害也沒關係，反正他們都是母親身上的血肉。

姊姊說的沒錯，母親愛他，秦麗覺得很高興、很幸福，希望能被母親一直這麼寵下去。

「族長，時間到了。」

「阿麗、阿麗……」

他們被拉著分開，秦麗被七手八腳套回母親做的袍子，看著一向冷傲的母親披頭散髮哭倒在地上，露出與他神似的笨拙。

秦麗有點慌亂，但嘴上除了叫著母親，說不出像樣的句子。

兩個胖阿姨按住他的肩，請少主用一句話訣別。

秦麗嗚咽喊道：「不要哭了，我一定會當上宗主！」

♛

胡理到天微亮，才走到城市另一頭的小吃麵店，聽說任何雙足以外的交通工具都到不了這個地方。

他看櫃台有個嬌小的少年踩在凳子上擀麵團，上前客氣探問刁店長在嗎？少年抬起眸子，直說他就是刁店長，不冷不熱看了他兩眼。

「你就是阿笑的孩子吧？」少年聲音相當老成，和外表很不一致。

胡理沒想到，他爸還真的有朋友。

「是的，您好，我想到異世去，想麻煩您行個方便。」

刁店長圓滾滾的大眼複雜地望著胡理，說胡爸年輕時都是張狂拎著大紅袍子，踹門說要到人世去，又風風火火說要回青丘，完全不把他這麼一個德高望重的守門者放在眼裡。

「請原諒我父親的無禮。」胡理這時候也只能父債子償。

刁店長擺擺手，表示不介意。

「幾百年看下來，阿笑都像個小孩子，直到十年前帶孩子過來，才終於有個男人的樣子。」刁店長比向胡理所在的位置。「你母親每天就站在那裡等，就是不死心，他還眞是找到不錯的伴侶。」

胡理環視這片小天地，回想起這是他們家人分別及重逢的地方，不過這次只有他一個人來了。

刁店長不知不覺端來一碗湯麵，熱氣漫上胡理的眼眶。

「吃吧，暖暖胃，你是狐，就當作回故鄉去吧？」

胡理朝他深深一頷首。

用完麵，胡理自願爲刁店長打理店面作爲回報，店長承認他欠幫手，但實在雇不起宗主候選人，只能期待下一個有緣人。

「你掀開簾子，一直走，不要回頭。」

從人世到異世的過程沒胡理想像那般驚天動地，他只是從店前默默走到店後，穿過院子，越過荒廢的小籬笆。等到他意識到的時候，呼吸的已經不是人間的空氣，山巒、荒野、深林，有風拂過，有光，沒有日頭。

胡理望去，依稀能看見小麵店竄上的熱氣，但也漸漸在視野中模糊起來，僅剩前行的道路。

胡理敲了下側頭的面具，逼自己清醒一點，邁步向前。

「理……哥……」

胡理頓了頓，他記得比賽開始前，應該不會有陷阱出現，怎麼會有迷惑人心的叫喚？

他踩著乾草，愈發覺得不對勁，心頭撲通跳著，承載滿滿不好的預感。

「哥哥！」

四面八方，胡理怎麼防都沒料到驚喜會從天上而來。

胡袖分毫不差栽進他的懷抱，長髮用紅流蘇紮了個馬尾，身上還套著閃亮亮的紅色鎧甲，肩上掛著弓，背後揹銀槍，全副武裝，那些紮實的衣結九成九出自母親的手筆。

「傍身袖袖參上！」

胡理整個人都懵了，他正抱著，清楚明白這是貨眞價實的小妹。

「小袖，妳怎麼會……」

「哥去哪，妹子就去哪！」宣誓完，胡袖把手上最後一塊肉餅塞到嘴裡，能量補充完畢。

「總之，就是這樣。」

聽到另一個熟悉的嗓音，胡理崩潰般轉過頭，箕子穿著青色道袍搭上他右肩，由衷露出微笑。

「你們妖有來異世的便道，我們道士也有自己的方法，別小看雞蛋子大師啊，王子殿下。」

「你還開什麼玩笑！」

胡理情急之中，左右抓著兩人，趕緊回頭要把他們送回去，卻已完全見不到小麵店的影子了；同時間，他的狐狸面具額上亮了亮，顯示遴選正式開始。

「我說，阿理，你就認了吧？」

胡理對笨蛋妹妹無法，箕子自己送上門，也只好把他對半折了。

「啊啊，坐姿體後折！阿理，痛痛，眞的會變兩半，眞的會斷掉啊！」

胡理還是在箕子死前鬆了手，失神喃喃：「笨蛋，你們這兩個笨蛋……」

妹妹和箕子卻喜孜孜環抱住他，好像接下來不過是一場久違的郊外踏青。

胡理難以壓抑心中的顫動，只能仰頭凝視籠罩世界的蒼穹，逞強至今，終於不得不承認他其實非常害怕。

「我多辛苦才去放開你們的手，你們這兩個小的除了害我半途而廢，還有什麼用處？」

胡袖開始扳手指，從「保護哥哥」、「打飛哥哥敵人」、「跟哥哥出來玩」算起，很快就算滿十根指頭，興沖沖比給胡理看。

「就，陪你走下去吧？」箕子回望胡理瞪來的眼。「阿理，這次你趕不走的。」

他們兩個還像戲曲那樣，朝胡理半跪下來。

「這是我這一世最大的請託，請讓我為你展開前路。」

「任何危險我都會為你擋下，你只要專注望著前方。」

胡理幾乎要被他心頭兩根軟肋給逼瘋了，跟著滑跪在地，用力把兩人攬進懷中。

「答應我，一路都好好的，不能隨便受傷和搗亂，除非我死，否則永遠不准離開我身邊！」

「遵命，大哥！」

《狐說・人世篇》完

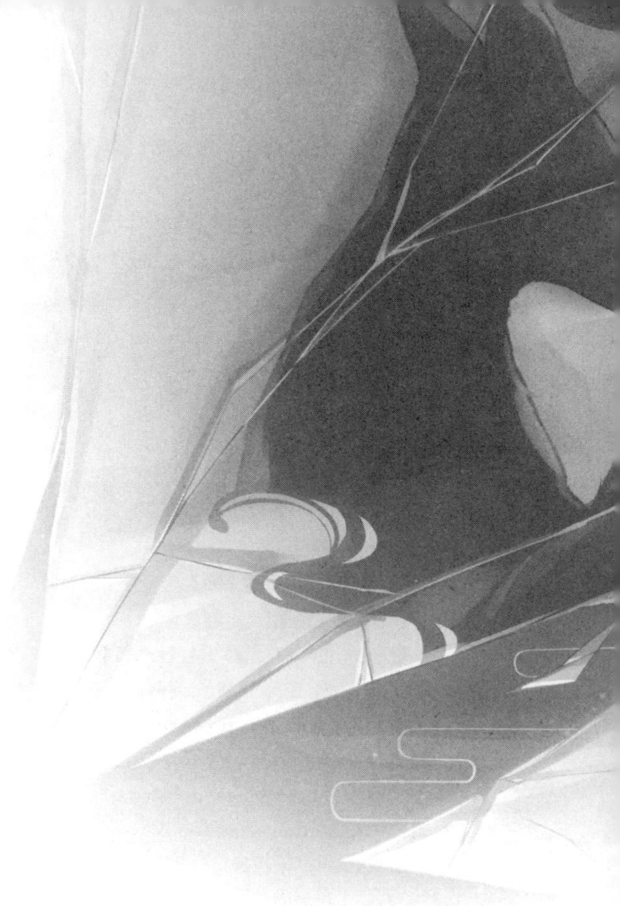

小時候的他一口應下：「你們就像小袖那樣，叫我哥哥吧！」

竟然沒小狐反對，就這麼跟在他屁股後玩耍。

狐說

Tales of Hu

國家圖書館出版品預行編目資料

狐說 / 林綠 著.
——初版. ——台北市：魔豆文化出版：蓋亞文化發行，2017.08
面； 公分.（Fresh；FS138）
ISBN 978-986-95169-1-4（上冊：平裝）
857.7 106011978

fresh FS138

狐說 上 人世篇

作者 / 林綠
插畫 / 細雨中 封面設計 / 克里斯
出版社 / 魔豆文化有限公司
地址◎ 台北市103赤峰街41巷7號1樓
電話◎（02）25585438 傳眞◎（02）25585439
部落格◎ gaeabooks.pixnet.net/blog
臉書◎ www.facebook.com/Gaeabooks
電子信箱◎ gaea@gaeabooks.com.tw
投稿信箱◎ editor@gaeabooks.com.tw
郵撥帳號◎ 19769541 戶名：蓋亞文化有限公司
發行 / 蓋亞文化有限公司
法律顧問 / 宇達經貿法律事務所
總經銷 / 聯合發行股份有限公司
地址◎ 新北市新店區寶橋路二三五巷六弄六號二樓
電話◎（02）29178022 傳眞◎（02）29156275
港澳地區 / 一代匯集
地址◎ 九龍旺角塘尾道64號龍駒企業大廈10樓B&D室
電話◎（852）2783-8102 傳眞◎（852）2396-0050
初版一刷 / 2017年8月
定價 / 上下兩冊不分售 · 全套新台幣 399元
Printed in Taiwan

ISBN / 978-986-95169-1-4

魔豆